峠越え

峠越え

一

南部盛岡藩御城下の、八幡祭りの太鼓の音が遠くに聞こえている。

手間取り大工の辰吉が、半日仕事を終えて日影町の裏店《うらだな》の木戸を潜《くぐ》ると、井戸端で濯《すす》ぎ物をしていた八卦見《はっけみ》の袖《そで》が、顔を上げた。

「辰吉つぁん、昨夜《ゆうべ》は、お八幡さんのお祭りに行ってきあんしたの」

「いやぁ、行がねぇ。お袖さんは商売休んだのすか」

と聞き返した。

袖の八卦見の商売先は、八幡宮神社の参道にある。私だって休みたい日もあるのさ。と言いながら濯ぎ物を絞ると、袖は辺りを窺ってから声を潜《ひそ》めて言った。

「昨夜、お祭りに行った人が、お志乃《しの》ちゃんを境内の小屋掛けで見たんだとさ」

「うむっ」

不意に昔の女の名を聞き、ドキリとした辰吉に、袖は遠慮がちに言った。

「おまえさん。沢内から赦《ゆる》されて来て、何年になりあんしたの」

「三年で……」

とひとこと言ったが、後の言葉は声にならない。紬の言葉が頭の中を駆け巡っている。今では志家八幡宮神社の参道で、八卦見をしている紬だが、昔は八幡町裏茶屋の芸妓《げいぎ》であった。志乃の先輩株で、占いをする春駒姐さんと呼ばれ、角ばった男顔だが、芸達者で贔屓《ひいき》する客が多く、芸妓仲間からも慕われていたのであった。

辰吉が奉行所の仕置で沢内《さわうち》の松山銅山に出され、五年経って赦されて、この裏店にやって来た日、紬が此処にいると知って驚いた。が、紬は芸妓を止めた理由を話したがらなかった。濯ぎ物を入れた小盥《こだらい》を抱えると、もう三年も真っ当に稼いでいるのだから、志乃ちゃんに会いに行っても良いのでは、と言って中に入っていった。

志乃が旅芸人となったという噂は、職人仲間から聞いたことはあったが、今度の祭りに来て芸をしていると知り、辰吉の胸は揺れていた。

辰吉が志乃に初めて出会ったのは、九年前の正月だった。葺手町のお普賢さんで、初詣でを終えた辰吉が、御門を出ようとした時、入ってきた若い芸妓がぶつかってきて転び尻餅をついた。助け起こして着物に付いた雪を払ってやり気がつかなくてと詫びると、自分こそ脇見をしていて申し分けないと謝っている。が、寒そうに震えていた。辰吉は暖まっていきあんしょと御門の脇で店を出している二八蕎麦に誘い、二人で蕎麦を食べた。それが志乃と親しくなるきっかけだった。旦那取りなんかしなくたって、私は自前でやっていけるんだと啖呵を切るほどの女だったが、辰吉と恋仲になってからは、堅気な男の女房《おがた》になりたいと言い、二人は所帯を持つ約束をした。それから暫くして、志乃の腹に子が出来たと知った時、辰吉は八日町の飾り職から紅瑪瑙《あかめのう》の石を買ってやった。

五分《ぶ》程の小さな丸い石だったが、一分銀を払ったものだった。志乃は魔除けの石だと言い、お守り袋に入れて肌身離さず付けていた。辰吉はその石を細工し簪《かんざし》にしてやりたかった。志乃の艶やかな黒髪に飾ってやったら、どんなに喜ぶだろうと思ったが、銭がなかった。その銭がほしいばかりに八年前の冬、北山の寺で博奕《ばくち》をした。大雪だから誰にも分かるはずがねぇという目明し銀次の手下の伊三次の口車に乗ったのが、運の尽きだった。銀次は定廻り同心の細田権衛門を連れて来て、寺に踏み込んだ。辰吉はそのまま仕置され、沢内の銅山に送られたのである。その後、志乃の腹は大きくなっていき、座敷へも出られなかった。置屋と茶屋から借りた金は増えていき、返すことも出来ずに、志乃は盛岡を逃げたと袖が話してくれたのであった。

志乃に会っても、今更、どうにもなるもんじゃねぇ、と思ってはみたものの、暫くすると辰吉の足は木戸を出て、八幡町へ向かっていた。少し俯き加減で踵《かかと》を引き摺るようにして歩く辰吉の足が生姜町へ差し掛った時、祭りの練り物のお囃子《はやし》が聞こえて来た。呉服町《ごふくっちょ》の山車《だし》だった。山車の上には舞姿の静御前の人形が見える。色白のふっくらした瓜実顔で目元も濡れているようにさえ見える。

(白芙蓉の花のようだ。志乃に似てるな)

と辰吉は、人形の顔に志乃の顔を重ねていた。山車が止まった。手古舞《てこまい》姿の芸妓が山車の前で音頭上げをしている。その前方に目をやると、八幡宮神社まで人波が続いていた。

「お久し振りであんしたねぇ」

声を掛けてきたのは、志乃の芸妓仲間の音吉だった。艶《あで》やかな音吉の手古舞姿に見とれている辰吉に、

「おまえさん、元気であんしたか。いつ、盛岡に戻って来あんしたの」

あけすけな物言いの音吉に気圧《けお》され、曖昧に笑う辰吉に、

「でぇ、今は……伝兵衛棟梁さんのお店に戻りあんしたの」

と今度は心配顔で尋ねた。

「はあ、何から何まで世話になってあんす」

「そりゃ、よおござんしたねぇ。辰吉つぁんは腕のいい大工《でぇぐ》さんだもの、棟梁だって世話をして下さるんだぁ」

と三日月のような目を細めて朗らかに笑うと、辰吉にまだ独身《ひとりみ》なのかと尋ねてから、お志乃ちゃんによく似た女が軽業小屋で水芸をしていると耳打ちし、山車引きの列に戻って行った。

御社地内に入ると、辰吉は祭りの賑わいに驚かされた。所狭しと立て掛けられた茶屋、立ち並ぶ露店、そこから醸し出される甘酒や、醤油の焦げた匂い。寄席や見世物小屋から聞こえてくる鳴り物と呼び込みの声、声。それらが一体となり辰吉の心を浮き立たせていた。隙間なく立て掛けられた小屋の間を、急ぎ足で縫うように歩いて行くと、神楽殿の脇に軽業の高小屋が見えた。正面の看板には、女太夫が日傘を差して綱渡りをしている絵が見える。

「さあ、いらっしゃい。いらっしゃい。御当地盛岡、この度、初お目見え。女軽業梅若太夫の見るも艶やかな綱渡り。さあ、いらっしゃい、いらっしゃい」

腹掛け姿の木戸番が、女のような甲高い声で客を呼び込んでいる。その前を二度、三度と横切ってから、意を決して辰吉は木戸を潜った。

中に入ると客は疎《まば》らだった。曲独楽《きょくごま》が始まったばかりで、若い太夫が芸を見せている。

独楽を落としては客を笑わせ、やっと扇子の上で華やかに独楽を回して堪能させると、今度は袴姿の梅若太夫が宙に張った綱の上を、日傘を差して渡り切る。やんやの喝采の後に出し物が披露されていくが、水芸は出て来なかった。客が水芸を見せろと騒ぎ出すと、幕引き男が出て来て、本日は水が足りないので明日お見せしますと、平謝りしながら幕を引いた。騒いだ客達も、木戸銭八文じゃ仕様がねえと渋い顔で木戸を出た。

小屋を出ると御城下各町から寄付された行灯が、道々を照らしている。〝茶屋茶屋〟の呼び声を横目に、祭りを後にした辰吉は肴町の角を曲がった時、後ろから誰かに付けられているような気がして振り返った。が、親子連れや若夫婦等が、笑いさざめきながら歩いているばかりであった。

翌日、昼刻。辰吉が再び軽業小屋の木戸を潜った。小屋に入ると、丁度水芸が始まっていた。刀の先から水を出す女太夫の芸に、客は喝采を浴びせるが、白塗り顔の女太夫は、志乃とは似ても似つかぬ女だった。

お八幡さんの祭りが終わり、御城下盛岡には秋風が立ち始めていた。御社地内で興行をしていた旅芸人達も引き揚げ、八幡町の茶屋街はゆったりとした音曲が流れ、弦歌遊蕩の門前町に戻っていた。辰吉は八幡町の興行元北国屋から頼まれた台所の修理を終えると、八幡宮神社の境内に入って行った。参道で八卦見をしている袖を探すと、茶屋の側で客を相手に話している袖が見えた。占いを終えたのか、客は笑いながら立ち上がり帰って行った。袖の側に行くと、

「おや、辰吉つぁん。ここさ寄るなんて、珍しいごと……」

「今日は、銭払って、八卦を置いて貰いてぇと思って来あんした」

同じ裏店にいるのに、わざわざ此処で占ってほしいのは何故だねと袖は尋ねた。

「志乃の居所《いどころ》は、どっちの方角なんだべぇ」

真顔で尋ねる辰吉に、袖は黙って八卦を置いている。辰吉の顔を見つめると。

「うむ、繋の湯宿あたりならいいんだけど、今頃、秋田の在郷《じゃんごう》あたりで小屋掛けやってんじゃないのかねぇ」

と言うと合切袋《がっさいぶくろ》に商売道具を仕舞込んで、

「一緒に帰るから、音吉姐さんに寄ってきあんしょ」

と誘った。八幡町裏の音吉の家を訪ねると三味線に合わせ、一人端唄を唄っていた。

「あやや、春駒姐さん、お久し振りであんした。辰吉つぁんも珍しごと。ささ、お上れんせ」

袖は、もう春駒ではないよと笑いながら、部屋に遠慮なく入っていった。後から入って行った辰吉が座ると、二人で辰吉の顔を心配気に見た。辰吉はためらうことなく、八幡祭りの日に軽業小屋をのぞきに行ったのを打ち明けたのである。あの祭りの日に二日続けて通ったが、水芸の女は志乃ではなかった。志乃があの小屋にいるのなら、自分に会いたくないためにに舞台に上がらなかったのではと音吉に言った。音吉は首を振って、

「会いたくない訳なんてないさ。どんな思いをして盛岡からお志乃ちゃんが逃げて行ったか分かるすか。お腹の中に子どもまでいたんだよ。呉服町の太物問屋の清兵衛さんが、それを承知で世話するって言ったんだよ。それも断って……もう、お腹が目立ってきて座敷にも出られなくなってたんだ。そうした時に目明しの銀次がやって来て、辰吉はもう戻れねぇから、自分の妾になれって言ったんだとさ。清兵衛さんなら兎も角、いつも顎突き出して、から威張りしてるあの蛇みたいな目付きの男……あんな女を食いものにする男に妾になれって言われたんじゃねぇ……」

と音吉が言うと、袖は眉を潜めた。

「妾と言ってもさ……、あの男のすることだから、座敷に出して散々稼がせた後は、お女郎にでも売り飛ばす気なのす。茶屋に稼ぎに来ている女中をだまくらかして、津志田の女郎に

売り飛ばしたり、自分が目を付けた女に亭主がいれば、わざと喧嘩をさせて番所に突き出して、百叩きさせたり、兎に角ろくでもない男なのさ」

と言い、苦りきった顔をした。

銀次は、辰吉と志乃が恋仲になる前から志乃に付きまとっていたという。志乃ほど肌のいい女は盛岡の芸妓衆にはいねぇ、あの潤んだような目をしてキッと睨まれたら、俺《おら》ぁぞくっとする、一度でいいから思いを遂げさせてくれと、茶屋の女将に迫ったが、あんな毒蝮のような男は厭だと、志乃は頑に拒んだという。音吉が口惜しそうな顔をして言った。

「辰吉つぁんが捕まったのも、銀次の差し金で、手下の伊三次を使って嵌めたんだと聞いたんだよ。博奕だけでなく、仲間から銭を盗んだとかありもしない事を、定廻りの細田様に吹きこんだそうだってねぇ」

「ああ、それも後で知りあんした。あの日、伊三次は、俺《おら》あの傍らで、賭けをしないで見ているだけだったたし……。伝兵衛棟梁が俺のことを盗みなんかするような者ではないと言ってくれたそうであんすが、定廻りの細田様は頑として聞き入れてくれなかったそうでがんす」

と辰吉は唇をかみしめた。

「細田様だって、自分の名を揚げたいばっかりに、銀次のような男を腰巾着にしていたら今にろくな事はないんだ。たったの四十文ぐらいで沢内に行かせるなんて……」

と、音吉は嘆息した。

確かに辰吉は四十文という僅かな銭で、博奕を打っていた。藩では幕府と同様に五十文以上が重刑で遠追放《えんついほう》。それ以下は近隣の銅山に送ったが、銀次と伊三次により捏造《ねつぞう》された盗みの罪も加わり、辰吉は沢内の松山銅山送りになったのである。

袖がフーッと溜息をついた。

「お志乃ちゃんが誰かさ隠れて舞台に上がらないっていうのなら、よほど深い訳があるんじゃないのすか。盛岡から逃げて行く時だって、辰吉さんが戻って来るまでは、生れて来る子と何処かに隠れて待っているって言ったんだもの。きっとそのうちに会いに来るから」

という袖に音吉も応えて、春駒姐さんはお志乃ちゃんだけには、好きな男《ひと》と一緒になるっていう女の夢を叶えさせてやりたかったんだとさ。あの後、茶屋の女将と志乃ちゃんの事で喧嘩になって、芸妓をやめてしまったんだから……、本当に勿体なかったねぇ、と言ったが、袖はそんな事は昔の事だからと、言ったきり口を噤《つぐ》んだ。

秋も遅い十月。朝から時雨模様だったが、時折、空は晴れ間を覗かせていた。表通りを小太鼓を打ち鳴しながら、寄席の出し物を知らせる男の触れ声が、裏店にも届いていた。大工道具箱を担いだ辰吉が、木戸を出る時、帰って来た棒手振《ぼてふり》りの五十集屋《いさばや》（魚売り）新次と一緒になった。

「寒くなって来あんしたな。生姜町の芝居小屋に江戸浄瑠璃語りが来てあんすが、凄《す》げぇ人気でがんしたな」

新次は浄瑠璃を聞きに行ったことが、嬉しくてたまらないといった様子である。

「前に江戸の芸人さんが来たのは、いつであんした」

と、辰吉に聞かれると、忘れるぐれぇだなあと、切れ長の目を空に向けて考えてから、今度は辰吉つぁんも連れていく、聞きに行かないのは盛岡っ子ではない。と言わんばかりの口振りであった。

盛岡城下の者は、侍衆から新次のように裏店に住む者まで芸事に夢中になり、八幡町界隈に寄席がかかると、町は大賑いを見せた。殊にも、今度江戸から来た芸人は、江戸浄瑠璃富本節の家元。富本豊後大掾《とみもとぶんごのだいじょう》藤原衆秀というお人なそうで、そんじょそこらの芸人とはちがう。日に日に人気は鰻のぼりとなって、我も我もと生姜町の寄席に出かけた。

十一月の初め、夕刻の寒空の中を辰吉は新次に誘われて、浄瑠璃を聞きに小屋へ出かけた。

この日の出し物は誰もが知っている「阿波鳴戸《あわのなると》」豊後大掾が名調富本節で唸り出し、「父《とと》さんの名は、阿波徳島十郎兵衛。母《かか》さんの名はお弓と申しまする」の名台詞に客たちは目を潤ませ聞き入るのである。浄瑠璃を語り終わると、ざっと見まわして、三百人以上もいる客が、小屋から出て行かず、端唄を所望する。それに応え豊後大掾も、御城下の名所を替え唄にして賞めちぎる。これでは噂に噂を呼んで、人が集まってくるのも分かるような気がする。

辰吉は客が浮かれ騒いでいる中で、志乃の小屋の事を案じていた。あの軽業小屋では芸人だけでも十数人を抱えているのに木戸銭が八文。こちらは豊後大掾と三味線弾き、それに内弟子のようなお伴がいるだけで二十八文も払っている。そしてこの客の多さだ。菰《こも》掛けの芝居小屋の外に目をそらすと、白いものがチラチラと降り出していた。この寒空の中、志乃とその子は何処にいるのかと胸が塞がった。

二

御城下盛岡に五十年振りの大雪が降ったのは、十二月二十八日の夜からであった。明ければ文政十二（一八二九）年正月。雪は野山に降り積り盛岡二十八丁も大雪に見舞われた。

正月早々、表通りの雪除けを町内中でやって、裏店の者達は疲れ果てて休んでいた。大家から店子達に餅が振る舞われたが、ここ二月分《ふたつき》、店賃が滞っている辰吉には、餅の分け前も僅かである。見かねた隣の太助の女房お勝が握り飯を運んでくる。左隣に住む新次が弾く三味線の音を聞きながら、暮れに仕舞ってあった徳利の酒をあけ、チビリチビリとやっていた。新次の三味線の音も消えた昼刻。裏店には静けさが漂っていた。と、突然、悲鳴が上がった。

「へび！　辰つぁん、早く出て来てぇ！」

辰吉は褞袍《どてら》をひっかけたまま外に出た。肝っ玉が据っているはずのお勝にしては、珍しい金切声で騒いでいる。見ると雪を被ったドブ板の上にカマをもたげた一尺ばかりの白蛇がこちらを覗いていた。が、どこか哀れな目をしている。白蛇の頭を上手く抑え、晒《さらし》小袋に丸めて入れて、袋の口を縛ると辰吉が、お勝に言った。

「もう、大丈夫《でえじょうぶ》だ。絶対《ぜってえ》出て来ねぇ」

突然の騒ぎに休んでいた裏店の連中も出て来て、口を尖らせている。

「蛇だなんて、気味が悪いから早く捨てて来て下《くだ》んせ」

「全くだ。そんなものが動きまわってりゃ、落着いて寝てもいられねぇ。早く裏の川に捨《す》てて来て呉《け》ろ」

裏店の裏には、御城の濠になっている中津川が流れている。お勝の亭主の左官の太助が大雪を被って細くなった川に目をやると、痩せて小柄な体を縮ませて言った。

「変だな。何でこんな真冬に蛇が出るんだ。蛇は穴っこで眠ってるはずだべぇ」

新次が横から口を挟んだ。

「この蛇は誰かに飼われてたものだな。確か秋のお祭りに来ていた軽業小屋の芸人の中に蛇を遣う女がいると聞いたが……今、あの小屋の芸人達が来ていると聞いたがな」

辰吉は驚いた顔もせずに頷いてから、

「誰かが飼っているものなら捨てる分けにもいがねぇべぇな。それに……白蛇は弁天様のお使いということも聞いているし……」

と、晒小袋を抱いて中に入った。

半刻ほどして、辰吉は蛇の入った袋を抱いて裏店を出ると、その足で梅若太夫一座が借りている生姜町の芝居小屋へ出掛けていった。

一座を抜けて辰吉の元に帰りたいという志乃と八卦見の袖は密かに連絡を取り合っていたのである。志乃が少しの間誰からか姿をくらますが、その行き先を教えるので小屋へ来いというのであった。伝言に人を使うことができないので白蛇を置くと言われたが、袖は本当に大丈夫かねぇと心配していた。

生姜町に行くと、この大雪では八幡様の境内に軽業小屋を立て掛ける分けにはいかないので、生姜町の小屋を借り、出し物を変えてやっているというのであった。志乃の居所を訊くはずになっていたが、急なことが出来て、今は教える訳にはいかないとも言い、しかも志乃は男と逃げたというのである。辰吉には信じがたいことであった。そして、座長の梅若が志乃には辰吉の子がいるから、どうか裏店で預かってほしいと懇願するのであった。


辰吉が小さな女の子を連れて戻って来たのは、暮れ六ツ近くだった。紺の絣に赤い帯のその子は、頭巾を脱ぐと色白の顔で、よく動く目は元気で利発そうであった。

「こんたな、めげえ女童子《おなごわらす》、何処から拾って来たのす」

太助がからかうと、辰吉は真顔になった。

「先刻《さっき》な、軽業の芸人さんの小屋さ行って、この蛇に見覚えはねぇかと聞いたら、新次さんが言ってたとおり、小屋で蛇遣いの女が飼っていた蛇だというんだ」

「で……、返して来たのか」

「蛇はな」

と、辰吉は黙りこんだ。

「うんで、何で童子は一緒に来たんだ」

「この童子はその女の娘なんだが……。女が蛇遣いの芸が厭になり、男と逃げてしまったんだと……。小屋の逗留期限も切れる頃だし、この大雪では大人でも歩くのが難儀だから、暫く預かってくれというんだ」

無愛想に応える辰吉に、太助は心配顔で、

「銭もねぇのに他人の童子を預かって、どうするつもりだ」

と言うと、いや、飯代は預かってきたと言って辰吉は懐の財布を覗かせてみせた。太助は合点がいかぬという顔で、女の子の顔を見つめて言った。

「おめぇ、年は、名は何《な》んというんだ」

「年は八つ。名はおみよというんだ」

と、女の子は無邪気に応えた。

「まだ八つか……。おっ母さんは恋しくねぇのか」

と言った後、余計な事を言ったものだと思ったらしく間の悪そうな顔をしている。

「座長の梅若小母ちゃんが、この人をお父っちゃんとして暮していれば、今に……」

今にきっとあたいを迎えに来てくれるんだと、言いたかったらしく、途中から涙をこぼしているおみよに、辰吉はどう接して良いのやら途方に暮れていた。泣き顔になったおみよに太助が笑顔をつくり、

「まあな。この男は愛想がねぇけど、俺ぁが隣にいるから、何かやって貰いたいことがあったら言いな。大人《おとな》しくしていたら、きっとおっ母ちゃんが迎えに来てくれるから」

と宥《なだ》めすかしていた。

いつ戻ったのか袖の部屋に明かりが点いている。辰吉は辺りを窺いながら、板戸を開けて中に入った。

「お袖さん……小屋に行ったら、志乃の居所を今は教える訳にはいかねぇと……。志乃と手はずはとれてあんしたべぇな。それに男と一緒に逃げたというのは、一体どういう事なんでぇ」

手焙《あぶ》りで手のひらを返しながらを温めていた袖がその手の動きをとめた、

「いや、それが手はずはとれてあんしたのさ、急なことってのは、また、目明し銀次が小屋を嗅ぎまわっていたというし、用心のために一旦姿をくらましたんじゃ……」

「なに、銀次が何を嗅ぎまわっていたって」

「蛇……。蛇じゃないのかな。あの蛇遣いは御城下では御法度なはずなんだ。秋のお祭りの時だってさ、お志乃ちゃんが水芸を演っていたっていうけど、客が引けた後、どんな芸を演らされていたか……、何しろ木戸賃が安いんだもの……。銀次が嗅ぎまわっていたのはそれではねぇのかな」

と言ってから袖は強く首を振った。

「いいや、そんなことはない。蛇遣いがいるというのも噂だけなんだし、もし本当だとしても、お志乃ちゃんが盛岡さ戻って来て、人様の前で肌を見せるような……、そんなことは絶対しない」

と言って袖は口を噤んだ。

蛇遣いの芸は、客に所望されれば、どんな卑猥な芸だってやらなきゃならない事ぐらい知っている。志乃が男たちの冷かしの声が飛ぶ舞台の上で、紅い蹴出《けだ》しの前裾を開け、白蛇を体に巻きつけて、艶めかしく踊る姿を想像すると、辰吉は居たたまれない気持ちに追いやられていた。

「俺ぁが、博奕をしたばかりに……志乃は堕《お》ちていったのか」

暗い目付きで火鉢の灰を掻きまわしている辰吉に、袖が言った。

「やりたくない事だって、生きていくためにはやらなきゃならない時だってあるのさ。でもどんな惨めな芸をしても……。お志乃ちゃんは身を売ったりしない。あの女はそういう女なんだよ」

おみよが裏店に来てから、辰吉の周りは灯が点いたように明るくなった。最初の頃、どう接して良いやら分からなかったが、無邪気に受け応えするおみよに、辰吉の心は知らず知らずに打ち解けていった。まだ八つになったばかりなのに、朝晩の飯の仕度までする。志乃に似たしっかり者であった。が、しっかりしているといっても遊びたい盛りである。急に裏店に預けられたおみよが、隣近所の子等と遊べるのかと、気懸かりになった。が、そんな心配はいらなかった。おみよは裏店の太助の子善太とよく遊んでいた。辰吉が仕事から帰って来ると、目を輝かせて雪投げや橇《そり》遊びの話をしてくれた。

二月に入っても、雪は降り続き辰吉の仕事はなく、家に居ることが多かった。表通りの雪除けに裏店の者たちも駆り出され、道に積もった雪を箱橇に積み、川に捨てに行く作業をしていた。子ども達が雪山を作り、てっぺんから橇で滑って遊んでいるのが見えた。おみよも善太と箱橇に乗り、声を張りあげて遊んでいる。まるで裏店にずっと前からいる子のようである。辰吉が雪掻きする手を休め、子等の遊ぶ姿を見ていた時、近くに馬橇がやって来るのが見えた。馬橇はおみよたちの雪山の真下に向かっていた。

「危ねぇ！」

と辰吉が叫んだが、頭巾を被った二人には声も届かず、箱橇は雪山のてっぺんから滑走してきた。馬橇と箱橇がぶつかりそうになった時、子等が乗った橇が急に角度を変え、橇ごとひっくり返った。善太が雪道に放り出されて雪まみれになった。が、おみよは目にも止まらぬ早業で、とんぼ返りをし直立不動で善太の傍らに立ったのである。

「軽業《かるわざ》だ！　子ども軽業だ！」

見ていた表通りの油屋の手代が叫んだ。裏店の大人達は、呆然として声も出なかった。それからは、おみよの芸当を見たさに、辰吉の部屋を覗きに来る裏店の者もいたのであった。

おみよのとんぼ返りを見た三日後、朝餉を食べている時、おみよは茶碗を置いて言った。

「あたいの御飯はおいしくないね」

「いいや……。うめえ、大人と同じだぞ」

と辰吉が言うと、

「虎爺ちゃんのごはんは、おいしい」

とおみよは言い返した。

聞いたことのない名だった。

「小屋で軽業を教えてくれた爺ちゃん」

と言ってから、おみよはポツリポツリと話し始めた。

おみよが言う虎爺ちゃんとは、虎十という口の利けない老軽業師のことであった。年老いた虎十は若い芸人のように、小屋の舞台で軽業を披露することが出来なくなっていた。虎十の仕事は小屋の者への飯炊きと雑用であったという。だが、暇を見つけては、おみよに子ども軽業を教えてくれたそうだ。おみよの拙い話しぶりから虎十という老軽業師がおみよに芸を仕込んでいたことが分かり、何やら胸に熱いものが走った。

「虎爺ちゃんはおみよを可愛がってくれたんだな」

と辰吉はしみじみと言った。

「うん、それに、おっ母ちゃんのこともね。ありがたい、ありがたいって」

とおみよは口の利けない虎十がやったのか手を合わせてお辞儀をしてみせた。

「ありがたいって……。どういうことだ」

辰吉が不思議そうに聞き返すと、おみよは少し口を尖らせた。

「だって、虎爺ちゃんは泥棒じゃないのに、小屋の人たちが、みんなのお金を入れてある袋を盗んだって言ったんだ」

「………」

「そしたら、おっ母ちゃんが虎爺ちゃんの代わりに言ってあげたんだ。金子袋《きんすぶくろ》がなくなったっていうけど、虎爺は私と一緒に舞台の袖で芸を見ていたから、楽屋には行ってないよってね」

「それで、金子袋は見つかったのか」

「袋を持っている小父ちゃんが、仕舞うところを忘れたのか、舞台で着る着物の中に混《ま》ざって入ってたって……ちゃんとお金も入っていたって……虎爺ちゃんが口を利けないからって、あんなことをいうなんて……」

と唇をかみしめたおみよはすぐに笑顔に戻った。

「あれからなんだ。前よりももっと一生懸命にさ、教えてくれたんだ、おっ母ちゃんはね、虎爺ちゃんがそうしてくれるのは私《あたい》のことを本当の孫みたいに思って、心も技《わざ》も大きく育ってほしいと願っているんだってさ」

と大人びた口調で言うとおみよは自分で炊いた御飯を急いで食べた。

虎十は志乃を自分の唯一の味方と思い、志乃母娘のためなら、どんな事も厭わずに尽くすようになったのだなと思った。そんな折、梅若太夫一座が盛岡で小屋掛けをした。志乃の故郷である。帰りたい思いは募ったが、邪魔が入ったのだ。そして、おみよだけが裏店に帰ってきた。母親と離されてどんなにかさびしいだろうと心配する辰吉の思いを他《よそ》に、おみよは裏店の者にせがまれると、かんかん踊りという踊りを唄に合わせて踊ってみせた。南蛮人のように腰を左右に傾け、唄に合わせて戯《おど》けた素振りで踊りだすのである。

かんかんの九《きゅう》の連子《れんす》。九《きゅう》は九連子《きゅうれんす》。九は九連子と唄って踊る意味のわからない唄に、それは何かとおみよに聞けば、よくは分からないけど、あたいが赤ん坊の時、梅若太夫一座が浅草に出て、小屋掛けしていた頃、お江戸の八百八町で大流行《おおはやり》したんだってさ。いつも、おっ母ちゃんが子守り唄にして聞かせてくれたから私は大好きさと言って、また、踊り出すのであった。その愛敬のある仕草に、目を細めて見入った後、本当におっ母ちゃんが迎えに来てくれるといいのにねと、裏店の者たちは、慰めてくれるのであった。

三

北上川に水が温《ぬる》み始める三月の終わりの頃になっても、川の土手には去年の暮れから降り積もった雪が処々《ところどころ》に残っていた。日中は気が緩んで温かい日もあるが、夜になると冷え、川風は肌を刺して冷たかった。辰吉は大工町の棟梁伝兵衛から頼まれた土産を、川原町《かわらっちょ》の旅籠に滞在している江戸の絵師、喜多磨に届けた帰りだった。新山河岸《しんざんがし》の舟着場の方に向かって歩いてくると、舟橋の舟は片付けられ、河岸には猪牙舟《ちょきぶね》や荷を下した小繰舟《おぐりぶね》が繋がれているのが見える。歩を止め、川面に目をやると、夫婦連れを乗せた渡し舟が、明かりを灯して向こう岸に渡っていくのが見えた。

(志乃が繋の湯宿にもいないとすれば、ここから小繰舟に潜りこんで川を下ったのだろうか)

数日前、湯治から帰って来た太助夫婦の話では、梅若太夫一座を繋の湯宿で見掛け、一座の者に志乃の行方を聞いたが、男と逃げたというだけで手懸かりはつかめなかったそうだ。おみよに母親を連れ出してくれるような男はいなかったかと訊くと、出てくる男の名は虎十だけである。が、正月に小屋を訪ねて行った時、座長は確かに志乃は男と逃げたと言ったのである。その男とは誰なのか。他の一座の者だったのか……。銀次が小屋を窺っていたのは、志乃とその男の仲を裂こうとしてたからか……。辰吉は志乃と逃げた見たこともない男に嫉《と》心《しん》を感ぜずにはいられなかった。

提灯を持つ手を替え、御蔵の方に歩き出した時、後ろから男のだみ声がした。

「おめぇ、辰吉だな！　くたばれ！」

振り向く間もなく、手拭いで頬被《ほおかぶ》りをした男たちが辰吉を取り囲んだ。息を呑む間もなく土手に投げ飛ばされ、辰吉は川に転がり落ちていった。

目が醒めた時、辰吉は一瞬、沢内の松山銅山の小屋ではないかと目を疑った。茅屋《ぼうおく》の四壁の内外を菰《こも》で囲い、土間は荒莚《むしろ》が敷かれている。起きようとすると腰と腕に痛みが走った。

（昨日、俺ぁを川に投げ飛ばした奴らは、誰なんでぇ）

と思ったが、一向に思いあたる節がない。寝かされている場所を見回すが、あの沢内の小屋に似ているだけである。八年前の博奕の科《とが》で銅山送りにされ、荷揚げ穿子《ほりこ》として入坑させられた厳しい冬の事を思い出していた。病をおして入坑した女や、老人もいたが、そういう者が死んでいくのも見てきた。罪が赦される日まで、ただ黙々と耐えて、働き続けた日々。翌日の苦役《くえき》に耐えるためにただ眠るだけの場所だったあの小屋。辰吉の瞼の裏にあの銅山での暮しが甦っていた。

（が……、この小屋は何かが違う。目の前の竈《へっつい》の中で火が燃え、その上に湯気が立った鍋がのっている。誰でぇ。俺ぁを此処に運んできたのは……）

戸口の莚が上がる音がして、入って来たのは四十がらみのひげ面の人足らしい男であった。

「目、醒めだがぁ」

「…………」

「おめぇ、土手の穴っこさ、突っ挟《ぱさ》まってたんだぞ。俺ぁが明け方、川さ濯ぎ物しに行ったら、おめぇが倒れていて、動顚《どでん》してしまった」

「…………」

「何で落ちたんだ」

「…………」

「うんでも良《い》がったな。川さ落ちねぇで」

男は背を向け、古木を焼《く》べた。その背を拝むように見て辰吉は言った。

「助けて貰って申し訳ねぇ。本当にありがとがんした。痛み入りあんす」

男は振り返ると、礼なんぞ言わなくてもいいから休んでいろと言ってくれた。

辰吉は戸口の外の方に目をやり、

「此処は一体、どこであんす」

と尋ねた。男はぞんざいな口振りで、

「神子田《みこだ》の裏だ。俺ぁ、ここまでおめぇを背負って来たんだ」

と男は笑いながら言った。

（神子田の裏……。ここは帳外れや、他領から逃げのびて来た者たちが溜っている所か。俺ぁを川に投げた奴らは、この男と関りがあるのか）

半信半疑で男の身の上を尋ねると、

「名乗るほどの名はねぇども、この辺りの者らに、壱《いち》って呼ばれ、そこの新山河岸の舟着場で、水主《かこ》（水夫）たちの手伝《てづで》っこしている者でがんす」

壱は、新山河岸から黒沢尻川岸へ搬送する小繰舟に、米俵を積み下ろしする人足だった。

「ささ、元気を出して食ってくだんせ」

欠けた碗に芋粥を盛ると、辰吉の身体を助け起こし、口元に碗を運こび食べさせようとしてくれた。が、それを断り、激痛の走る右腕を庇いながら、碗を持つ手を開いた。一本の草が、まだ青々とくっついている。

（草だ。俺ぁの命を繋いだのは、土手に生えている草だったのだ。土手を転がっていく時に、俺ぁ死に物狂いで摑んでいたものは、あの土手の草だったのだ。沢内の銅山にいた時だって、俺ぁ草っこ食べて生きのびたのだ。志乃……、生きていろ。どんなになっても生きてるんだ。そして、俺ぁとおみよの所に帰って来い）

翌日、壱は大工町の棟梁の家に、辰吉の様子を知らせに走ってくれた。その帰り日影町の裏店に寄った壱は、おみよが上田与力小路の武家屋敷に行って騒動を起こしてきたと知らされて、小屋に戻って来た。

壱は辰吉の顔を見ると、新次から聞いた話を一気に話しはじめた。

おみよは帰って来ない辰吉のことが心配でたまらなかったそうだ。裏店で一緒に暮し始めてから、辰吉が夜遅くまで帰って来なかったことはなかったからだそうだ。お父っちゃんが帰って来たら、隣の新次さんが与力小路の御屋敷から聞いてきたことを教えなければ……。明日、御屋敷で婚礼があって、御披露の時に、女旅芸人が浄瑠璃を語って聞かせるんだって……。その女、もしかしておっ母ちゃんを知っている女かもしれない。そう思いながら、夜も眠らずに待っていた。だが時だけが進み夜は明けてしまったという。隣の新次は、料理の係で御屋敷には朝早く出かけると言っていた。新次が起きる音を聞きつけ、おみよは身支度を整え、合切袋の中からお守り袋を取り出して首にかけたそうである。裏店に来る時、母親の志乃が、このお守り袋の中には、おまえを災難から救ってくれる石が入っている。何かあったら、おっ母ちゃんと思ってしっかりと握ってるんだよと言って渡してくれたのだった。

おみよはお父っちゃんが来ないなら、私が行くしかないと決心すると、おみよは新次の後を付けた。新次は油町の親方の家に寄り、おみよには気付かずに親方と楽し気に歩いて行き、御屋敷の脇門から入り、裏口の方へ回ったようだった。おみよも辺りを窺ってから、脇門を通り走って板倉の陰に身を潜ませたそうだ。板倉の側の池に鯉が泳いでいるのが見えた時、新次が鯉を捌くのは、俺ぁだと自慢したのを思い出したが、すぐに屋敷の中の様子を窺ったというのだ。時々、新次と親方の笑い声が聞こえてきたが、庭に出てくる者は誰もいなかったという。暫くして背の高い若い侍が外に出て来て、表門に立つのが見えたそうだ。それから黒紋付の羽織袴のお武家様たちが見え、中に入って行ったという。息を潜めて隠れているおみよを誰も気付く者はいなかったという。

間もなくして、高砂やと謡う声が聞こえ、声のする方に目をやると、表門の前にあるこんもりと繁った庭の奥に縁先が半分ほど見えたそうだ。おみよは走って行って、庭の茂みの池の側に隠れて縁先続きの部屋の方を窺ったそうだ。もう旅芸人の浄瑠璃が始まっているのかなどじっと目をこらしていると、中から三味線を弾く音が聞こえて止んだそうだ。その後、二人の旅芸人が障子をあけて縁先に出て来て座ったが、横向きで顔がよく見えなかったという。おみよは、もっとよく顔を見たいと思い、身を乗り出した時、池の中から大きな魚がはねて、はっとした瞬間に足を滑らして池に落ちてしまったというのである。壱の話は詳細でまるで自分がそこにいたかのような話し振りである。

一息つくと壱は、又、話の続きを始めた。

おみよが池の中に落ちた音を聞きつけて若い侍が庭に出て来た。

「何奴だ」

と刀の鍔に手をかけたが、小さな女の子だと分かったら、

「鯉泥棒か」

と怒鳴ったという。おみよは片手で松の太い枝を掴み、池に足を入れてたままであったが、もう片方の手は、お守り袋を握りしめて震えていたそうだ。子どもの侵入に婚礼の席がどよめいている中、縁先にこの屋敷の隠居である小林佐衛門が現れて、若い侍に申しつけたそうだ。

「童子《わらす》ではないか、池から上げて仔細を聞いてやれ」

若い侍はおみよを池から上げて庭先に座らせた。泥まみれのおみよの顔を見た佐衛門は苦《にが》笑《わら》いを浮べたが、穏やかな物言いで、

「おまえは何処から入って来たのだ」と尋ねたそうだが、おみよは脇門を指差しておとなしく俯いたそうである。

「何をしに入って来たのだ」

と尋ねる佐衛門におみよは、

「浄瑠璃語りの女の人に会いたくて」

と言うと佐衛門は不思議そうな顔をしながら、

「浄瑠璃だとな……。だが、おまえはまだ童子ではないか、浄瑠璃語りなど分かるまいが」

と言ったそうだ。そしたらおみよの顔が半ベソになりながら、

「でもあたいは、小屋にいた時、おっ母ちゃんの浄瑠璃を聞いたことがあるから……」

と泥顔を佐衛門に向けて話したそうだ。すると佐衛門は微苦笑を浮かべて、

「ほう、そうか、おまえの母親は旅芸人なのか、して、ここにいる芸人たちが、おまえの母親を知っておるとでも思ったのか」

と佐衛門に尋ねられて、おみよは泣き出しそうになったそうだ。陰に隠れて騒ぎを聞いて

いた新次は冷や汗を掻いていたそうだが、とうとう庭先に飛び出して行き、佐衛門にひれ伏したそうである。

「大旦那様、御申し訳なござんした。この童子は隣の大工《でえぐ》の娘で、旅芸人になった母親が行方知れずになってあんすので……。俺ぁが悪うござんした。裏店のみんなに浄瑠璃語りを聞かせてもらうって自慢したばっかりに、この童子が隠れて付いてきたようでがんす。本当に御立派な御婚礼の席を肝っ玉の潰れるようなことを仕出かしてしまって、御申し訳なござんした」

と何度もひれ伏して謝る新次を横目に、佐衛門は慈愛に満ちた目で、

「おまえは度胸のある童子だのう。そこの芸人さん、おまえさん方は、この童子の母親の話を聞いたことがあるかの」

と言ったそうである。縁先で一部始終を見ていた浄瑠璃語りたちは、何処の旅一座の女の話なのか全くわからないと言ったそうであった。佐衛門は頷いていたが、おみよの顔を見つめると穏やかな声で、

「おっ母さんのことは分からぬそうじゃ、残念であったのう。それにしても、おまえが池に落ちた時、握っておったものは何かな。よほど大切にしておるものか、池に落ちても離さな

いとは」

と佐衛門に尋ねられて、おみよは泣きじゃくりながら
「おっ母ちゃんが……。あたいの身に……。あたいの身に何かあったら、しっかり握っていろと、お守りを……」

と言った後、声をたてて泣き出したそうである。それを見て佐衛門は苦笑いしながら、

「そうか、わかった。わかったからもう泣くでない。これ、童子、浄瑠璃を聞かせてやるから顔と足を洗ってもらうのだぞ。折角の可愛《めご》い顔に泥と泥水は似合わぬぞ」

と言って辺りの空気を制し、高砂やと声を張りあげて謡いながら席に戻って行ったというのであった。


おみよが、母親の手懸かりになる事を知りたくて、危険も顧みずに武家屋敷に行ったと知らされた辰吉は、胸に熱いものが込み上げてきて、おみよを不憫《ふびん》に思った。壱の肩を借りて、足を引き摺りながら裏店に戻ってきたのは、その日の暮れ六ツ近くだった。

「お父っちゃん、大丈夫か」

武家屋敷での騒動を忘れてしまったかのように、おみよは辰吉に付きっきりである。

「御用があったら、何でもあたいに言っておくれ。小屋にいた時、あたい虎爺ちゃんの体を洗ってあげたんだから」

　と小屋掛けの時、梯子に上って綱を張っていた虎十が足を踏み外し大怪我をしたから、自分が世話をしたんだと、言いながら小盥に水を張って運んできた。

「俺ぁはまだ動けねぇから、構わなくてもいいぞ。それよりおめぇの汚れた着物を洗え」

　と辰吉が言うと、おみよは小盥を両手で持ったまま着物の裾を見ている。昼間、池に落ちた時、裾が池の水に漬かって汚れたままである。着物を脱ぎ、首に掛けているお守りを外そうとしたら、紐《ひも》が切れて中に入っている石が転がり落ちた。

「あっ、おっ母ちゃんの……」

　落ちた所は、辰吉の枕元だった。目の前に忘れもしない紅瑪瑙の石があった。

「この石か。おめえが今日、与力小路の御屋敷でずっと握っていたお守りってのは」

「うん。この石をお守り袋に入れてれば、災難から救ってくれるって、おっ母ちゃんが首に掛けてくれたんだ」

　辰吉の胸に紅瑪瑙の石を志乃に買ってやった時、この石は魔除けの石だと喜んだ志乃の笑顔がよぎった。志乃はこの石を後生大事に持っていたのだ。そして、おみよと別れる時自分の身代わりだと言って、首に掛けてくれたのである。

(志乃、小屋から逃げた日、おめぇの身に何が起こったのだ)

四

裏店の袖や太助夫婦の親身な世話で、身体が元に戻ると、辰吉は川原町の旅籠の部屋を建て増しする仕事に追われていた。六月の気怠い夏の夕刻。陽は西に傾いていたが、日中の余熱がまだ残っていた。普請場から帰ってきた辰吉が井戸端で身体を拭いていると、木戸を潜って新次が帰ってきた。

「辰吉つぁん。とんでもねぇことを聞いて来あんした」

「…………」

「ちょっと中で」

と新次は辰吉の家に顔を向けて言った。中に入ると、湯を沸かしているのか、おみよが竈に木を焼べている。

「飯は湯づけでいいからな」

と言う辰吉におみよは黙って頷き、火吹き竹で火を吹き始めた。新次が口を開いた。

「昼間、親方と京町の一膳飯屋で、飯食ってたらな。隣の席で目付きの悪い人足等が二人で、声高々と喋ってるんだ。銀次親分とか、辰吉とか言ってな……」

「うむ」

「俺ぁ、ピンと来たなあ……」

「俺を投げ飛ばした奴らか」

探るような辰吉のことばに新次が言った。

「そうよ。彼奴《あいつ》らよ。銀次に指図されて辰吉を片付けてしまえと言われたらしいな」

新次の話では、風体の悪い人足等は、銀次の指図どおりに動いたのに、報酬も払ってくれないと酒を飲みながら、うっぷんを晴らしていたという。

「やっぱり銀次だったのか。うんでも、俺ぁ投げ飛ばしたのは、一体《いってえ》……」

「銀次は、お志乃さんと虎十を手引きして逃がした男は辰吉つぁんと思ってるんだぁ」

と新次が言うと辰吉は不服そうに、

「俺ぁでねぇ。手引きしたのは、他の男だ。太夫だってその男と逃げたと、銀次に言ったはずだぁ」

「ところが、志乃さんと虎十が秋田街道へ逃げて行くのを見た奴がいて、男はいなかったから、盛岡に残っているはずだと。そいつは、生かしておけねえと銀次が……」

「何でそんな酷《ひで》ぇ事を？」

「どうも、その男が銀次の悪業の数々を、お上に散《ば》らすと言ったとか」

「その男が、この俺ぁということなのかぁ」

と言う辰吉に、一膳飯屋にいた人足等も、あんな吝嗇《けち》で悪辣な男は捕まりゃいいんだとうっぷんを晴らしていたと新次が言った。

「悪業の数々というが、俺ぁにやった他にもどんな酷ぇ事を？」

と辰吉が言った時、竈に火を焼べていたおみよが、立ち上り二人の前に座った。そして思い詰めた顔で口を開いた。

「銀次は本当に悪い奴なんだ。あたいが裏店に来る前に、小屋に来て、目明しに払う銭をいつもの倍にしろと言ったんだ。梅若の小母ちゃんが、そんな銭は払えないって言ったらおっ母ちゃんが銀次の妾になるなら良いが、どちらも駄目なら、小屋で興行できないようにしてやるって。あたい虎爺ちゃんと三人で逃げようと、言ったんだ。そしたら梅若の小母ちゃんが、小屋の方は何とかなるけど、この大雪ではあたいを連れて逃げるのは、無理だってさ、おっ母ちゃんは泣いてたけど、お父っちゃんに預けようって、それに銀次に知れるといけないから、当分はお父っちゃんの子だと言ってはいけないって……」

と一気に言うと、おみよは泣きながら、志乃と虎十そして梅若の三人が、職人の身なりに頬被りをして、客と一緒に木戸を出て行って、梅若だけが小屋へ帰って来たと話した。思いがけないおみよの話に、辰吉は驚くばかりだった。

(何もかも知っていたのか、こんな小せぇ童子の身で……)

五

志乃が虎十らしき老人と繋の湯宿にいると知らされたのは、夏の終わりの頃だった。

上田与力小路の御屋敷に出かけた新次が、隠居の佐衛門が湯治に行った宿で、子どもと離ればなれになり、病の床に臥している女旅芸人がいたが、もしや婚礼の日に池に落ちた童子の母親ではないかと聞かされて来たのだった。

翌朝。辰吉とおみよは、八卦見の袖が元気が出るからと渡してくれた朝鮮人参と湯薬を合切袋に入れ、日影町の裏店を後にした。夕顔瀬の惣門を出て、新田町を過ぎ三ツ家で一服したが、おみよは疲れたとも言わずに歩いている。が、歩くのになれている旅芸人の子とはいえ、どうしても歩みは遅くなった。

前潟まで来た時、明るかった空が俄かに曇った。近くの林で時鳥《ほととぎす》が鳴いた。何か思い詰めたようなその啼き声は、辰吉を不安にさせた。おみよが空に顔を向けて叫んだ。

「本尊《ほぞん》なんか掛けないぞ。おっ母ちゃんは死なないぞ。あっちへ飛んで行け！」

おみよの耳に時鳥の啼き声は、本尊掛けたかと聞こえるらしく、辰吉の手を握りしめ、不安を掻き消すように唄い始めた。いつか裏店の者たちに踊ってみせたかんかん踊りの唄だった。かんかんの九の連子、九は九連子と汗ばむ顔を拭きながら、唄うその唄は旅寝で母に聞かされた唄だった。一心に祈るような唄い振りに辰吉の胸は熱くなった。御所野に入り、渡し舟で雫石川を渡ると、山の方に湯煙が見えた。

繋の湯宿に着くと、宿の女将が出迎えてくれた。

「口の利けねぇ、爺さまといる女の旅芸人さんであんすか？　先頃も御武家様が泊まっていった時、何処の芸人さんかねと尋ねてあんしたな。おめぇさん方は身内の人でがんすか」

と安堵したように中に招き入れた。志乃が休んでいる部屋を案内しながら、女将が言った。

「ここさ来た頃は、三味線こも少しは弾いてあんしたとも、この頃は何もしねぇで臥ってばかりで……。時々、湯っこさ入りに来るこの辺の童子見ては、涙っこ流してあんした」

何も手に付かないほど、おみよを置いて逃げた事を気に病んでいたのか。そう思うと辰吉の胸は締めつけられそうになった。

「あそこさ寝ているおっ母さんに、このお薬師さんの御礼を渡してお上げ」

と、おみよに言いながら、女将が顔を向ける方を見た。

志乃は虎十に付き添われ、痩せた身体を横たえて、静かに眠っていた。深い眠りの中にいるらしく、目が覚めない。瓜実顔の頬のあたりは痩せこけ、苦労の影を落としている。時折、眠りの中で垣間見せる苦しみの表情に辰吉は居たたまれず、胸が張り裂けそうになった。志乃を抱き起こし、耳元で名を呼ぶと薄らと目を開けるが、宙を見つめ夢か現実《うつつ》かわからず、その目は何か探しているようである。辰吉は、歳月を越えて抑えてきた志乃への愛おしさと憐みが一気に吹き出して叫んだ。

「志乃、辛がったべぇ、おめぇさばかり苦労掛けて……」

変わり果てた志乃の姿に、不安を募らせおみよが泣き叫んだ。

「虎爺ちゃん、おっ母ちゃんは治るのか？　こんなに痩せてしまって……。おっ母ちゃん死なないよね……」

泣いて縋るおみよを虎十は抱きしめ、不動明王のような顔のその目に涙をためて、何度も首を横に振った。

空ろだった目がしっかりと覚めた時、おみよと辰吉の顔を代わる代わる見て、夢ではないと気付くと志乃の目に涙が溢れた。

「おみよを置いて来て、おまえさんに申し訳が……」

と咽泣《むせびな》く志乃に、

「そんなことねぇ。俺ぁ、俺ぁ、おみよがそばにいて、どんなに元気が出たがぁ」

と志乃の痩せた肩を抱きしめ、辰吉は心の中で叫んでいた。

(こんなに可愛《めげ》ぇ童子を産んでくれて、俺ぁがどんなに元気を出せたか。今まで、おめぇさ苦労掛けた分、一生懸かって倖せにしてやるからな。どんな事があっても、もう離れねぇ)

六

文政十二年秋、目元千両と人気の高い江戸の歌舞伎役者、岩井半四郎親子が、御城下盛岡にやって来た。町中大騒ぎである。日影町の裏店では逸速く、歌舞伎見物に駆けつけた五十集屋の新次が、井戸端で女連中に見物話を聞かせていた。

「於染久松《おそめ》っていうのを見あんしたか？　一幕で半四郎は七変わりもしあんすだぁ。まんつ女《おなご》よりも綺麗でがんしたなぁ。あんな人気役者は、江戸の大火で歌舞伎小屋が丸焼けにでもならねぇば、見られねぇがんす」

と上機嫌の新次に袖が応えた。

「江戸の歌舞伎役者さんたちも、大変であんすなぁ。市川座や中村座の人気役者さんも、みんな上方に散って稼がなきゃならないそうで……。明日は何処の旅寝の空か」

「旅寝の空っていえば、辰吉つぁん達は何処でこの空を眺めてあんすべぇ。銀次も捕まったんだから、帰ってくればいいのに」

と、お勝が不服そうに言うと、

「帰って来あんすだぁ。国見峠の茶屋で、三味線に合わせて、南部よしゃれを唄ってた女がいたので、顔を見たら昔八幡芸妓をしていた志乃さんだった。連れの者たちと一緒にいて、峠を越えてったと、東国屋《とうごく》の旦那さんに教えてくれた人足がいたそうでがんす」

銀次の悪業の数々は、手下の者らの密告で上田与力小路の隠居、小林佐衛門の息子で筆頭与力の小林宗十郎の知れる所となり、奉行所のお裁《さば》きで仕置された。目明し銀次は身代取り上げのうえ、永牢（終身刑）、銀次を腰巾着にしていた細田権衛門は、御扶持没収となった。それを知った裏店の者たちは、これで少しは安心して暮せるものさと、胸をなで下したのである。

明日は何処の旅寝の空かと言っていた袖が空を見上げ、

「あやぁ、雁が」

と声をあげた。鉤になり竿になって、空を渡って行くのが見える。夕焼けの山際の空へ小さくなっていく雁の群れを三人は、いつまでも、やさしい目差しで見送っていた。

冬

茜

一

天保四（一八三三）年、夏。

陸奥《みちのく》南部領は水無月《みなづき》の初めに、急に降り出した雨が止まず、冷気に覆われる気象が続いていた。

御城下盛岡の空に薄日が差した水無月半ばの朝。手習い出師匠《でししょう》の松庵《しょうあん》は、羊羹《ようかん》色に褪《さ》めた一張羅《いっちょうら》の黒羽織を引っかけると、住居《すまい》する鍛治町の日影長屋を出て、妻娘の眠る上田同心組町の正覚寺に向かった。足が悪く早足で歩くと左足が引き摺り加減になっている。髷《まげ》も結わずに下した白い総髪の毛先と、腰に下げた小さな籠が歩くたびにせわしく揺れていた。

上の橋を渡り京町から油町へ折れた時、向こうから牛馬宿《ぎゅうばやど》の主《あるじ》太兵衛がやってきて、声をかけた。

「朝、早くから何処さお出掛けでごあんす」

不意に呼び止められて立ち止まった松庵の顔色を見て、

「どこか具合《ぐあ》えでも悪のすか」

と心配気に尋ねる太兵衛に、松庵は胸元を掌で摩《さす》りながら応えた。

「夢見が悪くての。按配《あんべえ》がちょっと……」

太兵衛は怪訝な顔をしたが、体の按配が悪いのなら店の小僧達の手習いは、二、三日休んでもよおごぁんすがと、松庵に話してくれた。太兵衛の気遣いはありがたかったが、寺で拝めば気も晴れあんすと応え、正覚寺へと忙しく歩いて行った。

松庵は三日続けて見た夢が頭から消えないのだ。一晩目は寝汗を掻いた。二晩目から胸苦しさに襲われている。その夢は十二年前の夏。流行病《はやりやまい》で夭折した娘おゆきの夢だった。

そんなことがあり得るはずもないのに、年端のいかないおゆきが、米店《こめだな》の蔵の屋根に梯子《はしご》をかけて上り、下にいる者らに向かって叫んでいる。

——この米蔵の米、飢渇《けがつ》の人達に分けてやるぞ。一粒残らず持って行け。

おゆきの物言《ものい》いは、女童子《おなごわらす》のそれではなく若侍のようでもある。が、振る舞いはどう見ても狂気の沙汰であった。

——おゆき、下りろ。お父《ど》さんが今、下ろしてやるがらな。

——襷掛《たすきが》けして梯子に足を架けた時、屋根の上でおゆきは捕縛され、目の前を役人共に引っ立てられて行った。必死で取り戻そうとするが、呪縛にかけられたように動かなくなり、胸苦しさに襲われ目が覚めるのであった。

（一晩ならずとも三晩続けて同じような夢を見るとは、何かの前触れかの。悪いことでも起きねぇば良《え》ぇがの）


十五年前まで上田同心組町の足軽同心をしていた松庵は、もともとは宮古通りの小本村で肝煎《きもい》りの次男として生まれた。幼名を松吉といった。幼少の頃より聡明だった松吉を、父の嘉吉は学問の道へ進ませたいと願い、遠野郷の信陽塾へ入塾を願い出たのであった。この塾は南部家の家老職を勤める南部弥六郎の家臣の子弟達が学んでいたが、篤志の理由がある場合に限り、庶民の子弟の入塾も許していた。

父の願いが聞き届けられ、松吉は遠野の塾に入り、郷士の子弟達と学術上達に励んだ。十五歳の時から名も松四郎と改め、医術や鍼灸《しんきゅう》の心得を身につけるために、御城下盛岡へも通ったが十八歳の春、松四郎に学問の道を歩ませていた父嘉吉が卒中で急死した。それを機に母は、父の願いであった村の百姓の子らへの手習いを伝授させるため、松四郎を小本村へ呼び寄せたのであった。

丁度その頃、松四郎に養子縁組の話が持ち上がったのである。母の遠縁に当たるその家の当主は、御城下盛岡の上田同心組町の足軽同心吉田勘佐衛門であった。家格は小禄ながらも、気骨のある侍であると母より聞いてはいたが、村の子等への手習いを中途にして、養子には行けぬと思っていた。

が、鍼灸の術を習いに行くついでに、吉田家に挨拶して来い、と母に手土産を持たされ訪れたのであった。北の番所を警衛するために作られた上田同心組町の足軽屋敷には、どの家にも茱萸《ぐみ》の木が植えられていた。青い空の下の朱い茱萸の実は、二十数年たっても鮮やかな光景として甦ってくるのである。勘佐衛門の家を見つけ、堰《せき》にかけられた小さな板橋の上に立った時、屋敷の庭先で紺絣《こんがすり》の少女が、茱萸の実を一粒ずつ捥《も》いで笊《ざる》に入れている。声をかけた勢《はず》みに、茱萸の実は笊からこぼれ落ちた。その実を少女ははにかみながら懸命に拾っている。

「動顚《どでん》させてしまって、お申《も》訳《さ》げねぇの」

と松四郎が拾って笊に入れてやると、

「落とすと、お母《が》さんに売りものにならねえがらと叱られあんす」

と応え、恥ずかしそうに微笑んだ。

松四郎は小本村の寺子屋に盛岡から出教授がやって来たのを機に、吉田家と養子縁組をし、茱萸の実を一緒に拾った勘佐衛門の娘であるお栄と祝言をあげた。松四郎二十歳、お栄十五歳の春であった。祝言から五年後、家族の夢であった赤子が生まれた。娘の名は松四郎の母の名を取っておゆきと名付けた。既に、松四郎に同心役を継がせていた勘佐衛門は、跡取りが出来たと言い、殊のほか可愛いがり、赤子を背負って内職の南部表《なんぶおもて》（畳表の草履）作りをやっていた。

子が生まれて暫くの間、吉田家には平穏な日々が続いていた。が、義母のおたかが内職の機織《はたお》り仕事の無理が祟《たた》って労咳《ろうがい》になったのである。勘佐衛門は孫娘おゆきに病を移してはならぬと、屋敷内に三畳ほどの小屋を立て、そこにおたかを寝起きさせ、看病に当たったが、その勘佐衛門も労咳になったのだった。勘佐衛門は命を縮めるようにして、南部表作りをし、家の暮しを扶けようとしていた。松四郎の扶持だけでは病人を抱えた五人家族を養っていくことが出来なかったのである。

医術の心得を身につけながら義父母に薬を買って与えることが出来ない我が身を松四郎は怨んだ。妻お栄の悲嘆する姿も見るに忍びなかった。松四郎は穀町の金貸しから銭を借りては薬を買って飲ませていた。が、借りた銭の利息が膨らみ続けていき、金貸しは松四郎を奉行所へ訴え出たのであった。騒ぎを知った義父母は食事を一切受けつけずに命を絶った。〝相対死《あいたいじ》に〟といってもいい死に様であったのだ。同輩たちの中にそのことを口にする者は誰もいなかった。扶持は没収となったが、それだけが慰めであった。

愛娘おゆきが亡くなったのは、同心屋敷を出た翌年の夏であった。京町裏の九尺二間の裏長屋の侘び住まいではあったが、組頭の世話でお店《たな》の奉公人へ手習いを教えたり、町方の軽い病人や怪我人の応急手当ての礼金で暮しを支えていた。が、毎日米を食べられるほどの収入ではなかった。おゆきが亡くなる二日前の夜、風邪で寝ている娘の枕元でお栄は声を詰まらせて謝っていた。

「おゆき、お申訳げねぇなはん。病《やまえ》の時ぐれ白米のお粥っこ食《か》せてあげたかったのに、家の米櫃《こめびつ》さは米はねぇのす」

そのことばに松四郎の胸は張り裂ける思いであった。

正覚寺の庭で白い木槿《むくげ》の花を手折り、吉田家の墓に手向けた。目を瞑《つむ》ると瞼《まぶた》の裏に娘おゆきと妻お栄の姿が浮かんできた。おゆきは十二年前の夏、風邪をこじらせているところを疫痢に襲われたのだった。

（おゆき……、お前《めえ》は小芥子《こけし》這子《ぼっこ》みてぇな可愛ぇ童子だったの。お父《ど》さんは甲斐性がなくてろくなもの食せてやれねがった。今のお父さんなら人様がら食い物を只で貰っても恥《しょ》すごどはねぇども、あの時はそれが出来ねがったのだ。お前《めえ》が死んだ後、お母《が》さんも気に病んでばかりいて労咳さなって、お前のどこさ逝ってしまった。お申訳げねがったの。おゆきよ……。お前、お父さんさあんたな夢見させて何を言いてぇがったのだ……）

寺の上空で時鳥の鳴き声が聞こえ、雲の隙間から青空を覗かせていた。微風が頬を椋めて木槿の花を揺らしていった。また風が吹いた。その風に乗ってお栄の声が聞こえたような気がした。

（そんたに謝らねぇで呉《く》なんせ。私もお前さまのこと、責めてばかりで悪うござんした。おゆきの所《どご》さ行ったら、お父さんも医術の心得があっても治せねえがったのす。悪《わる》いのは疫《え》病《やみのかみ》神さんていう恐しい神様なのす。お父さんのごとは怨まねで呉でと言って利かせあんすから）

その言葉は、おゆきが逝った二年後、義父母と同じ労咳で亡くなったお栄が、亡くなる数日前に松庵に遺していった言葉だった。お栄は十年前の夏の夜明け、松庵の腕の中で息を引き取った。京町裏の長屋の破れ障子から覗いた薄闇の中で、白い木槿の花々がお栄の最期を看取るように風に揺れていた。

二

油町の牛馬宿で隣に住む左官太助の息子善太が足を痛めて動けないと知らせが入ったのは、七月初めの雨催《あまもよ》いの午刻《ひるどき》であった。

この宿は、野田通りから塩を運んで来る牛方らが、塩を下した後、宿泊する宿で、塩問屋も兼ねている。松庵は今年の春から当主の太兵衛に頼み、善太を丁稚奉公させていた。善太は牛の背から塩の荷を下し、蔵に入れる時に足を挫《くじ》いたらしいというのである。

松庵が駆けつけると、善太は厩《うまや》座敷（奉公人の寝部屋）で、しかめっ面をして休んでいた。軽く挫いただけであったので応急手当てをし、大事ないので騒ぐでないと言いつけ、日影長屋に戻ってきた。

長屋の木戸で見掛けぬ父娘らしき者が、中を覗いている。二人とも旅装束である。男は四十がらみの商人《あきんど》風。娘は痩せているが大人の背丈ほどある。が、髪形はまだ銀杏返《いちょうがえ》しであった。

商人風の男が振り返った。

「ここは紙屋仁兵衛店の日影長屋でっか」

日焼けした顔に白い歯を覗かせて松庵に声を掛けた男は、上方訛りであった。

「いかにも、仁兵衛店の長屋でごあんすが、お前《めえ》さん方は、上方がらお出んしたのすか」

「へぇ、私《わて》は伊勢の御師宿《おしやど》（伊勢神宮参詣者の宿）の手代で吉之助と言う者だす。この娘のお父《とう》はんに頼まれて、日影長屋のお袖はんという女《ひと》を尋《たん》ねて参りましたんだす」

男は傍らにいる銀杏返しの娘に目を遣りながら言った。木戸から中を覗いていた娘が後ろを振り返ると松庵を真っ直ぐに見つめ、

「お袖おばさんは、まだここに住んでいるの」

と尋ねた。

（似ておる。娘のおゆきの目に良《よお》ぐ似ておるな。顔形まで、まんつこんたに似て、おゆきが生きておれば、このような姿になっておったかも知れぬ）

驚きのあまり声も出せずに立ち尽くす松庵の様子に、娘は一瞬、戸惑いを見せたが、直ぐに懐かしそうな笑顔に戻ると、松庵の部屋に顔を向けて言った。

「あたい……四年前まであの部屋でお父つぁんと暮してたんだ。八卦置のお袖おばさんがい

るなら、辰吉と志乃の娘のおみよが会いに来たと伝えてほしいんだけど……」

年の頃は十三、四だろうか。背丈は伸びているが、その面差しは娘のおゆきに似て、一途《いちず》で利発そうな目をしている。が、笑顔は輝いていた。

「お袖さんなら何処さも出ないでいるはず。さぁさ、お入《へ》れって下《くだ》んせ」

と松庵は背中を押すようにして、木戸の中へ招き入れると、

「上方からおみよちゃんという娘御《めえ》が参りあんしたぞ」

と袖の部屋に声を掛けた。中から上ずった袖の声が聞こえたかと思うと、板戸を開け大抑な身振りをしながら顔を出した。

「あやぁ、本当におみよちゃんだごど。声っこもあの時のまんまだ……、ほう、こんたに背丈が伸びて……、大人のようだ」

とつくづく眺めた後、袖は、

「そういえば、辰吉つぁんから文《ふみ》が届いてあんしたっけ。この頃、眼《まなぐ》が弱くなって大きな字でねぇば読めなくなりあんして、先生さ読んで貰おうと思ってあんした。さぁさ、みなさん、お上《あが》れんせ」

と外にいる客を上がらせた。

近頃、頓《とみ》に目が翳《かす》んできた袖は、盛岡八幡宮の参道でやっている八卦置の商売を、この裏長屋に移し、客を取っていたのである。眼が見えなくなってきあんしたが、八卦の方は良く当たると喜ばれ、客が増えあんしたのす。と陽気に話しているが、仏壇の抽斗《ひきだ》しに入れた文を、やっと探し出し松庵に差し出す有様である。

渡された文を松庵が読み始めると、先刻までの笑顔が消え、おみよの顔も曇った。

その文には、おみよの母、志乃が二年前の夏、山形の宿場で流行病《はやりやまい》に襲われて亡くなったのだという。志乃の骨を生まれ故郷の盛岡へ埋めてやりたいので、盛岡へ帰ってきたのだという。父親の辰吉は、訳あって伊勢の御師《おし》嘉兵衛らと、南部領の郷村を回って歩いている。仕事が終わったら必ず日影長屋におみよを迎えに来る。そして自分も故郷に骨を埋めるつもりである。この文は一緒に歩いている御師の嘉兵衛さんが自分に代わって書いてくれたものだから、何分に宜しくと末尾に平仮名で書いてあった。

松庵が声を出して読む文を聞き終えた吉之助は、すべてを承知しているらしく、

「そういうことだすので、当分の間、お袖はんの部屋に預かってほしいんだす。よおく働く気立ての良《え》え娘はんだっせ、おみよはんは」

と言うと、上がり框にかけていた腰を上げ、そこの駅所で用を足したら、そのまま花巻に

向かい、郷村を回っている辰吉たちと落ち合うことになっていると告げ、丁寧に辞儀をして、慌だしく発っていった。

「辰吉つぁんも、やっとお志乃ちゃんやおみよちゃんと親娘三人で暮せるようになったというのに、流行病とはさぞ無念であんしたべぇなはん……お志乃さんの晩年の運勢は倖せになるって、私の置いた八卦さも出ていたったのに……」

とお袖は目に涙を滲《にじ》ませて呟いた。おみよは遠くのものを見るような目で、

「おっ母ちゃんは、お父つぁんと暮してから本当に倖せそうだった。たった二年だったけどね」

と言った。黙って頷く松庵と袖に、おみよはつとめて明るく振る舞いながら言った。

「それにね。お伊勢さんのお陰参《かげまい》りの時には古市《ふるいち》の町で軽業の小屋掛けをして、お客さんが、たんと入ったんだ。そのごほうびにって、座長の梅若太夫さんが、あたい達親娘を伊勢の御師宿に泊めてくれたんだ」

御師宿では御師の嘉兵衛や手代の吉之助らが、全国津々浦々から参詣に来る客たちに大層なもてなしをして振る舞った。嘉兵衛が辰吉を気に入ってくれたのは、大工の腕がある辰吉が御師宿に泊まった時、廊下の床下の根太の腐れを見つけ出し、修理してやったからだと

言ってから、お父つぁんから預かってきたものがあると言って、合切袋《がっさいぶくろ》から小さな骨壺を出した。

「お志乃さん……。まんつ、こんたな変わり果てた姿さなってしまって……」

と袖は骨壺を両方の掌で抱くようにして持つと、仏壇にそっと置き、辰吉つぁんが戻って来るまで待っててお出んせと手を合わせた。その後ろで手を合わせていたおみよが言った。

「おっ母ちゃん、あたいが元気で生きていけるように天から見ているからねって、約束してくれたよ。だから、あたいはどんなことがあっても、おっ母ちゃんの分まで生きていくからね」

松庵はおみよの母のお骨に手を合わせながら夭折した娘の在りし日の姿を偲んでいた。

(おゆき、お父《ど》さんはお前《めえ》に似た娘っこさ会ったぞ。今日がらの、日影長屋で暮すのだそうだ)

日影長屋の朝は、井戸の水汲みの音から始まる。いつもならその音より先に起きて御城の濠になっている中津川原を散策する松庵だが、おみよの来訪で昔を思い出し、寝そびれて朝が遅くなってしまった。手拭いを手に外に出ると女連中が井戸端に集まり、濯ぎ物をするおみよを囲んでいた。隣の太助の女房のお勝が、朝の挨拶も怱々《そうそう》に、息子が牛馬宿で足を捻挫し手当てをして貰った礼を松庵に言うと。

「先生、おみよちゃんは、こんたな可愛ぇ《めげ》顔をしてあんすとも、いざとなったら度胸もあるんであんすよ」

と褒めている。驚いた顔をしている松庵に、聞かせたいらしく、

「おみよちゃん、今でも軽業っこやってあんすのか。とんぼ返り《げえ》は上手だったし、こうやって火消しの若衆《わげしゅう》がする梯子乗り《はしごの》りもしあんすのか」

と太った体を片足で支え立ち、両手を広げて見せたが、均衡を崩して転びそうになり、女連中を笑わせている。おみよは、その輪の中に入り、うれしそうに笑っている。松庵はその笑顔に釣り込まれそうになった。

(この笑《わ》れぇ顔《がお》だ。この女童子は小芥子這子みてえに良《え》ぇ笑れぇ顔してるの……。まるでおゆきが、大きくなって帰《けえ》って来たようだ)

顔も洗わずに見蕩《みと》れている松庵に、お勝が言った。

「先生、おみよちゃんは良い娘っこであんすべぇ。小《ち》っちゃえ時分がらお天道《てんとう》さんのように明るくて、良《よお》ぐ稼ぐ童子っこであんした。お袖さんもなんぼが助かりあんすだが……」

と今度は袖の部屋に目をやっていた。松庵は賑やかなお勝に、

「そうだの。これでお袖さんも、ひと安心だべぇの」

と頷くと、おみよが汲みあげてくれた釣瓶《つるべ》から水を貰い顔を洗って中へ入った。

おみよは日影長屋にやって来た翌朝から、くるくると袖の身のまわりの世話を始めた。濯ぎ物から路地の掃き掃除、そして朝昼の食事の世話までやっても早目に終わってしまい、午《ひる》刻《どき》からは手持ち無沙汰のようであった。夕刻におみよに手を引かれた袖が松庵の部屋にやって来た。何か頼み事があるらしく、物腰がやわらかである。

「先生、おみよちゃんに手習いっこ教えて呉《く》なんせ。そのうちに私もいろいろと教えてやりたいと思ってあんすが、まずは手習いっこが先であんす。それがら、盛岡の町々のこともであんす。先生が、散歩や釣りさ出掛ける時も一緒に連れて歩って呉なんせ」

親身になり頼み込む袖の傍らで、おみよは神妙な面持ちで頭を下げて言った。

「あたい、お芝居に出てくる人の名は空でも言えるのに、字を習わなかったから、わからないことが多いんだ。どんな字でも読めるようになって、色んなことを覚えたいんだ」

おみよの目は一途であった。その目の輝きに松庵はおみよの手習いを一も二も無く引き受けたのであった。

三

この夏も昨年と同じく霖雨《りんう》に祟られた。秋になっても作付けしたものは実らず、城下の諸物価は高騰《とう》し続けている。人々の口には毎日の食い物すらろくに入らぬ有様で、城下には盗みや掻っ払いが横行していた。三年続きの凶作に稲は大打撃をこうむり、盛岡から北の方では菜園物《さえんもの》も壊滅的であると噂が聞こえていた。

八月半ば過ぎ、秋風と共に庶民の暮しはますます冷え込んでいた。松庵は長屋の連中に頼まれていた食料を求めに、おみよを伴って、山岸村まで足を伸ばした。山岸村には日影長屋に肥を貰いに来る卯吉という百姓がいる。いつもなら肥の代金代わりに大根や野菜を置いていくのだが、最近姿を見せていなかった。足軽組の御弓町から山岸村を抜けると山裾と田圃の間を這うように閉伊街道が見える。秋だというのに田圃の色に金色の輝きはなく、痩せた稲穂には実がついていないようである。卯吉の家まで来ると、卯吉が裏の大豆畑でしゃがみこんでいた。松庵とおみよに気付いて立ち上がった、

「豆っこもさっぱり穫《と》れねぇのす」

と言って、やりきれないといった顔で、茄子、なんばん、南瓜の菜園物も殆ど穫れなかったので、夏から日影長屋には顔を出せなかったと話している。じっと傍らで聞いていたおみよが寂し気に呟いた。

「伊勢から盛岡に来るまで、どこの田圃も稲が短かったんだ。二年も続いてこんな有様じゃ飢渇《けがつ》になるって、お父つぁん達が話してたよ。お天道さまが出てくれるといいのにね」

卯吉はその言葉を噛みしめているようだったが、お天道さんを恨んでも仕様がねぇ。どんたな雨風さも負けねぇ、作物を考えねぇばねぇなと、言ってから折角ここまでお出ったのだから僅《わず》かであんすが、と納屋から野老《ところ》（山芋）を出して叺《かます》に入れて分けてくれた。

銭を払い卯吉の家を出て閉伊街道を歩いてくると、休み石の辺りで牛を六頭引き連れて歩いてくる牛方に会った。牛の背には塩のほか、野宿用のからかね鍋（炊事用《かしぎ》）をつけている。カランカランと鍋が揺れる音と一緒に牛追い唄を唄いながら歩いているのは、油町の牛馬宿に泊まったことのある野田通りの千蔵だった。

「千蔵さん、良《い》い喉《のど》っこでごあんしたな」

声を掛けた松庵に、唄っこでも唄わせて貰わねぇば肝焼《きもや》けて仕様がねぇ、この気象のおかげて野田通りの作物も大打撃をこうむったと話した後、千蔵の村では三、四月頃から気味の悪い声の鳥が夜になると、里に下りて高声で鳴いていた。村の年寄りはこの鳥の鳴く時は飢渇になると言ってたが、本当に酷《ひど》い年になってしまった、盛岡さ着いたら酒っこ飲んで憂《う》さ晴らしをしねぇば気が済まねぇと、ぼやいていた。

途中から牛の背に積んでもらった叺を、油町の牛馬宿で下して貰い、日影長屋に戻って来たのは、陽が西に傾いた頃だった。

おみよと野老を長屋の連中に分けていると、路地の溝板《どぶいた》を鳴らし、袖の部屋を訪ねていく男がいた。鱗繋《うろこつなぎ》の火消しの半纏《はんてん》をまとい、肩幅のがっちりとした男であった。

「ほう、火消しさんだの」

と松庵が呟くと、

「お袖おばさんの昔馴染だって。おっ母ちゃんや、お父つぁんのことも知ってるらしいんだ。この頃よく相談に来ているんだ」

と、おみよは仔細を知っているらしい口振りで応えた。

客の話が長くなりそうだと思ったらしく、おみよは手習い書を出して塗り板に字を書き始めている。おみよに読めない字を教えてやると、吸墨紙《きゅうぼくし》に墨が滲んでいくように次々と字を覚えていった。娘のおゆきは体が弱かったども、この娘っこは朝から晩まで、頭と体を動かしても疲れるごとも知らねぇのだ、今が一番の成長盛《おがりざか》りよと、わが娘のように愛しく思うのであった。おみよが紬の部屋に戻ったのは、宵の五ツ頃（午後八時頃）であったが、暫くしてから紬の部屋の客が帰って行く音がしていた。

翌日の夕刻、牛馬宿に出向くと、手代の弥七が話があるらしく、勝手口から松庵を手招きしている。裏手から土蔵に回ると、弥七は善太が奉公の合間を見ては、梯子乗りの真似をしている。しっかりと仕事をして貰わないと、年下の小僧たちに示しがつかないと愚痴をこぼしていた。厩《うまや》（牛馬小屋）に回ると善太は町へ使いに出されたらしく、一つ年嵩《かさ》の伊助が敷《しき》藁《わら》を敷いていた。

「伊助、良おぐ稼ぐの。ところで善太の様子は何ちょだべの。弥七さんの話っこだど、梯子乗りの真似っこをしていると聞いたが」

心配気に尋ねる松庵に、伊助は首を傾げ、

「この前《めえ》の藪入りで家さ帰《けえ》ってがら、急に火消しになりてぇと言い出して……。何でも去年の春、お父《ど》さんの手伝《てづで》っこで惣門の糸治さんの蔵の壁の穴っこ塗った時、火消しの与五郎とかいう男さ会ったそうだ。それからは、俺ぁも火消しになりてぇなと思ったそうだ。うんでも、それだけで急に梯子乗りてぇなんて……」

と伊助は年嵩らしく、物事には順序があるのだ、火消しになっても梯子乗りが出来るようになるのは、先の先のごどなのだぞ、と話したというのであった。

使いに出た善太を待って、店の帳場の隅で弥七の算盤を見てやっていると、主《あるじ》の太兵衛が奥から出て来て心配気に言った。

「先だっての十四日に、日詰の町で打ち毀《こわ》しの騒動があったようでごぁんす。うんでも、その動きを知っている者がいて、米店さ先に来て知らせたそうでごぁんす……それでなってす……日詰の富商《ふしょう》といわれている町家《まちや》の人達《だつ》ぁそいつらが打ち毀しに来た時、酒っこ振る舞ってから救済米を分けてやって帰《けえ》してやったそうでごぁんす」

日詰の町は大事にならず、騒動を鎮めさせたが、領内の各地では米騒動が起きている。こんな闇値の米は私らだって簡単に手に入れることは出来ず、奉公人に三度三度の食事を与えることもままならないと嘆いていた。

使いに出ていた善太が帰って来た。手習いを始める前に納戸部屋に呼びつけ、

「余所事《よそごと》さ目を向ける前に、今の仕事をみっちりと仕込んで貰うのだぞ。火消しになるのはそれがらだ。梯子乗りなどやって足っこ痛めたら、また奉公が出来ねぇぐなるぞ」

と諭すと、善太は一瞬、不満気な顔を覗かせたが、あっさりといつもの人の好い顔に戻り、

「いやぁ、俺ぁさはあんたな難しい梯子乗りは出来ねぇのす。したども、一人前さなったら、必ず火消しの組さ入れて貰いあんす」

と素直に応えた。善太のことは大事なかったが、領内の各地で米騒動の動きがあるらしいと、太兵衛が仄めかしていた。

その言葉が松庵の胸を覆っていた。確かに今年も飢渇で米は穫れない。が、ある所にはあるのだという。米店の蔵には前々年まで貯めていた米が隠蔽《いんぺい》され、その米を市場には出さず少しずつ出して闇値で売っている。銭のある者にしか米を売らない店を襲撃する輩が町に出回っているのだ。

物騒な世の中になってしまったものよと夜道を帰って来た。長屋の木戸を潜り、部屋の戸口をあけた時、真っ暗な部屋の中に人の気配がした。

「誰だ……」

外の物音に怯え部屋の片隅に蹲《うずくま》っていたのは、おみよだった。

「そんたな何処で、何をしてる」

が、おみよは応えない。

「何じょしたのだ……」

近づいた松庵の膝にしがみつき、震えながらおみよは泣いている。何を聞いても応えてくれず、松庵は背中を摩《さす》ってやりながら紬の部屋に連れて行った。

紬は狼狽《うろた》えながらも、辺りに人の気配がないかと耳をそばだて、低い声で言った。

「松庵さんの所さ隠れてろって、私が言ったのす」

「隠れてろとは穏やかでねぇの。役人さ見つかったら困るごどでもやったのか」

と尋ねる松庵に、紬は眉を顰《ひそ》めた。

「今は何も聞かねで呉《く》なんせ」

と困惑気に仔細を語ろうとしなかった。

翌日、松庵は京町裏の一膳飯屋で亭主から思いがけないことを聞かされた。昨夜、八日町の米店が二軒続けて暴徒らに襲撃されたというのである。その暴徒に交って女のようにめんこい男童子《おどこわらす》が米蔵の屋根に梯子をかけて上っていき、親分らしき者の指図で屋根瓦を外して毀していたが、あれは何処の男童子だべぇ、大きくなったら、どったな肝っ玉の大きい男になりあんすべぇ……、まんつその身の軽いこと、まるで猿《ましら》のようであったと、飯屋の亭主は見てきた芝居を話すかのように、身振り手振りを交えて聞かせたが、松庵がその話の途中で真顔になって、

「で……怪我人は……。お役人はお出ったか」

と訊くと、亭主は急に声を潜め、松庵の耳元に囁くように言った。

「全部ぶっ毀してしまって、奴らがいねぇぐなってがら、お出んしたっけ……。先生、安心して下《くだ》んせ。怪我人なぞ一人もいねがったそうでごぁんす」

と役人らも捕縛する心算《しんざん》が最初からないようだったと、したり顔で教えてくれた。

秋からこんな騒ぎが続いたら、冬にはどうなるのやら飢えた人々が城下に押し寄せてきても、食い物もなく、また飢死者が増えるのかと思うと、松庵の心は凍りつくようであった。

四

木の葉を吹き散らし、盛岡城下に冬の訪れがやって来た。この年南部領は飢渇となり、盛岡城下には近郷の村々から飢民たちが、食い物を求めてやって来た。番所に入る前に行き倒れとなって死んでしまう者。やっと寺のお救《たす》け小屋に辿りつき、粥を食べさせて貰っても、そのまま死んでしまう者。飢民の屍《しかばね》は次々と寺の庭に運ばれていた。

松庵とおみよも役人らの手伝いをするために、北山の東顕寺のお救け小屋に出向いた。寺の僧侶は、重病人の加持祈祷をする間もなく、死人《しびと》のために念仏を唱えている。その傍らで数え年十三になるおみよが、何処で覚えたのか女医者《おなごいしゃ》のように晒布で口覆いをし、飢民たちに粥を宛《あ》てがったり、寺に運ばれてきた重篤な病人の介抱をしていた。

「おみよ坊、お前は看取《みと》り（看病）が上手《うめ》ぇのう。何処で覚えたのだ」

と尋ねる松庵に、おみよは旅一座の芸人は誰かが病を患らうと、こうやって看取りをやるんだ。いくら看取りが上手くても流行病《はやりやまい》だけは治せないんだねと、声を詰まらせていたが、

「滋養をつけていれば、流行病にならなくて済むこともあるんだって……。先刻《さっき》の女の子は痩せて骨だけになって、お粥さんを食べた後に、すぐ息を引き取ってしまった。あんなことになるまで、食べるものがなかったなんてあんまりじゃないか」

と目を潤ませ唇をかんでいた。

寺の施粥《せがゆ》の手伝いを終え、日影長屋に戻ると、初秋に路地の溝板を踏み鳴らして行った鳶《とび》の者がおみよを待っていた。男はおみよに親し気に声を掛け、中で話があると袖の部屋に顔を向けた。おみよの声を聞きつけた袖が外に出て来て、言いにくそうに男に言った。

「与五郎さん……先生さも入って貰ってはどうであんすべぇ」

男は一瞬、ためらったが無言で頷いた。中に入ると与五郎は丁寧に辞儀をし、真っ直ぐに

松庵の目を見詰めて言った。

「実は、八日町の米店の打ち毀しは、俺ぁがやらせたものでごぁんす。分かってあんしたべぇ……おみよ坊を打ち毀しの仲間さ引っ張ったごど……年端もいかねぇのにと思いあんすべぇども、こんたな仕事が出来るのは、身の軽いおみよ坊ぐれぇのものであんして……」

と言って、三人の顔を代わる代わる見つめて辞儀をした。

「お願ぇしあんす。もう一度だけおみよ坊を貸しては貰えねぇべが……」

(ああ、あの猿のように身軽な男童子、と一膳飯屋が話していたのは、おみよのことだったのか)

あの夜、おみよは恐怖に打ち震え、松庵の膝に縋りつき泣いていた。何者かに怯え、その理由も言わずに泣いているおみよの目が忘れられなかった。そして真っ直ぐに向けられた与五郎の目を見据えると松庵は言った。

「与五郎さんとやら、今、お前さんがここで話したごどは、何《なっ》ても聞がねがったごとにしあんす。何処がの男童子が米蔵の屋根っこぶっ毀して、それは見事なものだったと町の者らも語っていたが、それは何処がの男童子のごどで、将来《さき》は立派な親分さんになれるような童子でごあんすべぇ。おみよ坊はそんたな親分さはなれねぇごぁんす。病人《やめえと》の看取りが上手くて、今日も寺で施粥の手伝っこしてきた心優しい女童子でごぁんす」

じっと耳を傾けていた与五郎が、静かに頭を下げると落着き払った物腰で言った。「有り難うごぁんした。ここで話したごどは無《ね》がったごどでごあんす。今のごどは一生誰さも口外しねぇで下んせ」

五

上の橋を渡った頃から粉雪が散らついていた。年の瀬が迫ったその日、暮れ六ツ近くになっても橋の上の人の流れは切れない。川風に晒された橋の上は凍っていて、人々は身を縮め押し黙ったまま歩いている。が、それは凍った雪のせいばかりではなく、今年もまた寒冷と長雨で飢渇になり、領内に飢死者が多く出て、この先どうなるのだろうという思いが、人々の背中に重くのしかかっていた。

松庵が牛馬宿から掛帳の整理を手伝ってほしいと頼まれ、油町へ歩いていくと、水茶屋づとめ風の女がよろけながら歩いていた。雪催いの夕刻に酔っ払いでもあるまいが、とやり過ごそうとしたら、女の頭が肩にぶつかってきて、そのまま足元にくずおれた。

「危ねぇごぁんすな」

と声を掛けるが、女は起きあがるふうもなく、雪の路上に倒れている。

「具合ぇでも悪のすか」

と女の顔を覗くと、土気色で息も絶え絶えであった。

(腹を空かしてるんだの。また行き倒れか。不憫《ふびん》なごどよの)

すぐさま女を抱き上げ、目の前の牛馬宿に飛び込んだ。当主の太兵衛が番頭の文蔵と戸締りに掛っていた。驚いた太兵衛が湯呑みに水を注ぎ、女の口に差してやると、薄目を開け、消え入りそうな声で言った。

「お申訳《もさ》げなござんす。ご迷惑をおかけしあんして……」

女は、辺りを憚り起きあがろうとした。太兵衛が心配気に言った。

「今、歩いて行ったら、その辺りでまたぶっ倒れあんすじぇ。少し休んで行ったらどうであんす」

が、女は頻《しき》りに往来を気にして、

「何《な》じょしても、行がねぇばねぇ所《どご》が……」

と起き上がろうとする。が、萎《な》えた体にその力はないようだった。

「旦那さんが親切に言って下さるのだから、遠慮さねぇで休んでいきなされ」

叱りつけるような松庵のことばに観念したのか、女は番頭に抱えられ、奥で粥と干葉汁《ほしっぱ》を食べさせてもらった後、納戸部屋で休ませられたようであった。

掛帳の整理を終え、帰りしなに裏の厠《かわや》に寄ると、隣の湯場（お湯を使う所）で、低く唸るように牛追い唄を唄っていた百姓風の男が出て来た。野田通りの千蔵だった。松庵の顔を見るなり、

「おえんさんの按配《あんべぇ》はどうだべぇ」

と顔見知りらしく尋ねてきた。

「腹、空かしての……今は奥で休ませてもらってるようだ。……千蔵さんはあの女《おなご》を知ってなさるのすか」

「うんだ。あの女は京町裏の茶屋の女だ。先刻、店先から運ばれて来たのを見た時は、動顚《どでん》しあんした……」

千蔵は人の好い顔でおえんの話を始めた。おえんは千蔵が盛岡に出て来た時に、いつも寄る水茶屋の酌婦だが、昔、川原町に住んでいたという。が、どんな境遇にいたのか知る者はないという。既に三十路を過ぎたおえんであるが、唄がうまくて気立てが良いので、客はつ

いていたそうだ。そんなおえんが、ある夜、ふと千蔵に漏らしたことがあったという。おえんは訳《わけ》あって生まれたばかりの赤子を子のない夫婦に預けた。が、その夫婦が、今何処にいるのか分からず探しているのだという。成長した子どもの姿を一目見たら、こんな暮しを抜け出して、どこかの町でひっそりと暮していきたいと……しんみりとおえんの話を聞かせると、千蔵は体を縮めて寝部屋に戻っていった。

外に出ると夜空には満天の星が輝き、その下を凍った月が渡っていくのが見える。おえんは別れた子に会えるのだろうかと思い巡らしながら、夜回りの打つ拍子木が遠のいていく帰り道を急いだ。

翌朝、太助の女房お勝の声で目が覚めた。

「先生、起きて呉《く》なんせ」

お勝の声に異変を感じ、跳ね起きて外に出ると、亭主の太助も顔を覗かせている。

「昨日、先生が助けた女が、朝方何処さか消えてしまったそうであんす。様子が変《ひょんた》だったから、早く先生さ教えさ行けど……」

と太助は油桶を路地の溝板《どぶいた》に下したまま、慌てふためいている。左官の太助は冬場になると、この辺りで出職《でしょく》の連中と同じように、油町の油問屋から油を買い、城下の町々を振り売りして歩くのである。太助が朝早く油問屋に行くと、牛馬宿の主につかまり、女の様子が変だったので知らせてほしいと言われ、商いに出掛ける前に急いで知らせに来たというのであった。

井戸端でおみよと水汲みをしていた袖が聞きつけて、驚いた声を出した。

「その女《おなご》、おえんさんと言わねがったすか。京町裏の瓢《ひさご》という水茶屋さいるはずだが……」

「お袖さんは、おえんという女を知ってなさったのすか……これは……」

これは驚いたと尋ねる松庵に、

「私の客でござんす。何じょしても行がねぇばねぇ所《どこ》ってのは……、もしかして童子のごどを何か聞きつけたのでは……先生、早く探しさ行っておくれ。あやゃ、早まったごとしねぇで呉ればいいとも……」

と袖は松庵とおみよの方に顔を向けて急き立てた。

鍛治町の往来に出て上の橋に差し掛かると薄霧が漂い、橋の下の中津川原は見えなかった。

「霧だの。もう少し立てば晴れてくるんだがの」

と言って松庵が川原に目をやっていると、

「誰かが唄っている」

とおみよが言った。おみよは橋の下の音を探るように欄干に近づき橋の下の方を覗いている。が、松庵の耳には風の音が聞こえるばかりである。おみよが首を傾げながら、

「女の人が唄っている声が聞こえたんだけどね。もう聞こえなくなった」

と言って欄干から体を離した。

牛馬宿に駆けつけると、店の主の太兵衛が二人を納戸部屋に通し、困惑気に言った。

「昨夜《ゆうべ》から様子が変だと思って、京町裏の茶屋っこの女将さ、朝間さなったら迎えさ来るようにと使いを出してやりあんしたのに、まんつ、薄暗《うすぐ》れぇうちに出はってたようで」

おえんが寝ていた納戸部屋には、体に掛けていた夜着《よぎ》の衿がじっとりと濡れたまま放られていた。恐らくおえんは夜明けまで忍び泣いていたのだろう。泣き泣きおえんは誰にも告げず出て行った。昨夜、萎えた体で何じょしても行かねばねぇ所といったその場所は、何処なのだろうと思いながら、松庵はおみよと一緒に牛馬宿を出た。

上の橋に差しかかると先刻までの薄霧は消え、中津川原は冬ざれの景色をそのまま見せていた。おみよが唄っている声が聞こえたという話を一縷《いちる》の望みに川原に降り立ち、おえんを探したが、冬の川原には誰も見えなかった。こんな所で唄っている女などいるはずもないと

思ったが、どんな唄が聞こえたかとおみよに尋ねると、静かに唄い始めた。

それは、そおー、やーれこれはのせぇ。

やーれ、おわぇ、日和勝ちなお山の祭。

やーれ、これはのせぇ。

おみよの唄う唄は、松庵を驚かせた。上の橋の下から流れてきたという唄声を、先刻聞いたとしても、これほど克明に覚えているものだろうか。

「おみよ坊、その唄は盛岡のお八幡さんのお祭りで山車引き衆が唄う獅子音頭だの。何じょしてお前は覚えてるのだ」

おみよは思い出を愛おしむように言った。

「旅でおっ母ちゃんが何度も唄ってたから知ってるんだ。軽業で鳶の梯子乗りの子方をやる時の木遣りは、加賀鳶の木遣り節だった。でも……、おっ母ちゃんが、盛岡の木遣りはこう唄うんだって教えてくれたんだ」

おみよの話を聞きながら、それにしてもこんな雪の川原に降りて来て、おえんが木遣り節を唄う分けがないから、誰か違う女かもなと言うと、おみよは頭《かぶり》を振って言った。

「きっと与五郎さんが木遣りを教えたんだ」

松庵は鱗繋《うろこつなぎ》の半纏を思い出し、

「あの火消しの与五郎がおえんに……」

と不審気に尋ねた。思案顔で川の細い流れを見つめていたおみよが口を開いた。

「あのね……あの人たち、元は夫婦だったんだって……。お袖おばさんが話してた。あたいもよくは知らないいんだけどね。あの、おえんさんは与五郎さんが旅に出て長い間留守にしているうちに……、お父つぁんの借金の形に花輪の金貸しのお妾さんにさせられてしまったんだって……。生まれたばかりの赤ん坊は、子のない夫婦に貰われて行ったそう……」

そこまで言うと、おみよは唇をかみしめながら、与五郎が袖に打ち明けた話を教えてくれた。

与五郎とおえんの赤ん坊が貰われていった行先をやっと突きとめたが、その夫婦は五年後に実の子が生まれると、五歳になった養子の男の子を言うことを利かぬといって、雨の中に一晩中立たせて折檻し、その子は高熱を出して熱が下がらず二日後に死んでしまったという。その夫婦というのが、あの打ち毀しに行った八日町の米店だった。

与五郎がおみよを打ち毀し騒動に誘った時に話してくれたのは、米を闇値で売りボロ儲けをし、持っている米は店に出さず隠している。儲けた金を高い利息で貸し、返せない人々を苦しめ、中には首を縊《くく》って死んだ人もいる、そんな店は毀した方が人々のためになるというのだった。

あの夜の事を思い出したらしく、おみよは暗い顔になった。

「血と汗を流して働いていたお百姓さんが、自分で作ったお米を食べられずに死んでいくのに、あの八日町の米店は、みんなが食べるお米を一人占めにして、悪どい商いをしていたなんて……私《あたい》、許せなかったんだ」

そういっておみよは声を詰まらせ、

「でも……でも、やっぱりやってはいけなかったんだ。あの時……家の中で小さな男の子が泣いていたんだ。あの子には罪がないのに、私……今でもあの子の怖がって泣く声が耳に残っている」

松庵はいつか見た娘おゆきが米蔵の屋根の上で叫んでいた夢を思い出していた。

(おゆき……、お前《めえ》が夢の中で教えたかったのは、このことだったのか)

が、今、目の前にいるおみよは、米店の夫婦の実子が打ち毀しに怯えて泣いたのは、自分が、恐ろしい目に合わせたからだと苦しんでいる。その気持ちを知って、松庵は娘のおゆきが苦しんでいるようにも見え、愛おしさが増すのであった。

「おみよ坊、お前一人の胸さ、しまっておくのが辛《つれ》え時は、ここさ来て中津川の水さ流してやれ……。川は黙って聞いて辛えごとはみんな流して呉るがらな」

おみよは暫く川の流れを見ていたが、胸の閊《つか》えを下したのか、川原でとんぼ返りをやってみせると、やわらかい表情に戻り、

「先生、与五郎さんの所へ行こう……。おえんさんのことが分かるかも知れない」

と言った。


与五郎が住居《すまい》する鉈屋町の裏長屋を訪ねると、粗末な身なりをした母親らしき老婆が出て来た。与五郎は二月《ふたつき》も前に大槌から来た男と大事な用があると言って出て行ったきり帰って来ない、あのとおり半纏も柱に架けたままだ、と柱に顔を向けた。部屋の柱には、主の帰りを待つ鱗繋の半纏が、心細げに吊るされているだけだった。

おえんの行方の手懸かりをつかめぬまま、松庵はおみよと中津川原の土堤に沿って、下の橋近くまで来ると、落ち合いの辺りで人集《だか》りがしている。川原から土手を駆け上がって来た若い男に尋ねると、今しがた落ち合いから女の死体が上がったので、番所に知らせに行くのだという。

死体はおえんであった。川原の上に寝かされたおえんに縋り、おみよは泣きながら頬を叩いたが、息を吹き返さなかった。

「無惨なごとよのう」

と言いながら、松庵はおえんの綺麗な死顔を見つめて言った。

「水っこ飲んでねえがったようだの」

と訝る松庵に、おみよは無言で訴えているようである。

(殺されたんだね。おえんさんは、私たちが探している間に誰かに殺されたんだね)

戸板に戴せられ番所に運ばれて行ったおえんの死因は、役人の調べで何者かが当て身を喰らわせて気絶させた後に、落ち合いに放り投げたということであった。が、下手人は挙がらなかった。

六

明けて天保五(一八三四)年正月六日。

伊勢の御師らと南部領の郷村を回っているおみよの父辰吉から文が届いた。おみよから渡された文を読んでいると、隣の太助が部屋に入ってきて嬉しそうに言った。

「善太が藪入《やぶい》りに帰《けえ》ったら、みなで小正月《こしょうがつ》しあんすべぇな」

善太の藪入りには牛馬宿で手土産を持たせて寄越すが、今年は餅っこは当てには出来ねべなという太助に、皆が揃えば良い小正月になると松庵は応えた。

おみよが弾んだ声で太助に伝えた。

「お父つぁんも、小正月には帰って来るんだって……」

去年の冬から御城下に飢えた人々が押し寄せ、北山の報恩寺や東顕寺では、お救《たす》け小屋を建てて施粥を行ったが、飢死者の数は夥しかった。この紙屋仁兵衛店の日影長屋では、互いに扶け合って飢えを凌ぎ、一人の飢死者も出していない。そのことが皆の心を一つにしているように思えた。

文を胸元にしまったおみよが、初詣《はつもう》では何処に行くのかと松庵に尋ねた。袖におみよを志家八幡宮の初詣でに連れて行ってほしいと頼まれていたことを思い出し、

「お八幡さんにお参りしてくるべぇ」

と松庵はおみよに微笑んだ。

午刻《ひるどき》、おみよを伴って八幡宮に向かった。神社の境内は松飾りも取れる頃で、参詣客も疎らだった。それでも客を当て込み、凧売り、双六売り、権現舞（獅子舞）の頭の玩具等が置かれた露店が立ち並んでいた。

お参りを済ませ、参道の外れにあるお福売りの店に寄ると、隣の甘酒売りの店から、

「あったけえの一杯《いっぺえ》どうであんす」

と島田崩しの髪に笄《こうがい》を挿した女が声をかけた。おみよの目がその女の髪に注がれているのを松庵は見逃さなかった。

「それでは、飲ませて貰おうかな」

といって甘酒を飲みほし、ゆっくりと銭を払った。おみよは自分はいらないと断り、盗み見るように女の頭に目をやってから、松庵の袖を引っ張った。

店を離れてすぐにおみよが松庵に声を潜めて言った。

「あの女の髪に挿しているのは……、おえんさんのと同じ……」

おみよの話では、おえんが袖のところにやって来た時につけていた翡翠の笄で、細工も寸分に違わないというのである。かなり値の張るものだが、花輪の旦那がおえんに買ってくれたたった一つの形見であると、袖とおみよに見せてくれたことがあったという。が、落ち合

いから死体となって上がった時、おえんの髪にその笄がなかったというのである。松庵はおえんを牛馬宿に運んだ時のことを思い出してみたが、あの頭に笄を挿していたかどうか、はっきりとは思い出せなかった。しかし、何度も見たことがあるというおみよの目を信じることにした。

番所にしょっぴかれたのは、甘酒売りの女の亭主勝造だった。勝造は与五郎の弟分の火消しだったが、京町裏の曖昧《あいまい》茶屋で働くおえんに出会った。おえんが小金を貯め込んでいるという噂を聞きつけ、おえんと与五郎の子を預けた家を知っているので会わせてやると持ちかけたそうだ。しかも、その家は困窮しているので、子が可哀そうなら銭を用意しろと言った。おえんは貰われて行った我が子が苛め抜かれて死んだとも知らずに、その銭を懐に入れて、勝造が待っているという上の橋下に向う途中だった。京町裏を出てからすぐ、懐に手をあててみた。が、銭袋はなかった。朝飯も食べずに来た道を何度も歩いて探し回ったが見つからなかった。ふらふらと歩いていた時、牛馬宿の前で倒れてしまったらしいのだ。

翌朝、上の橋下で勝造は待っていた。昨日の午刻来なかったなというと、おえんは銭を落として探し回ったが、見つからなかった。勝造さんが、夕方までに来なかったら、次の日も朝から待っているので来あんしたが、銭はとうとう見つからながんしたので、代わりになるものでとおえんが言うと、そんな作り話は俺ぁには通らねぇと言って当て身を喰らわし、気絶させ、懐を探してみたが銭はなかった。金目になるものは、この笄だけとおえんの髪から抜き取り、気を失っているおえんを落ち合いまで運んで行き、放り投げたというのであった。それにしても勝造は、兄貴分の与五郎が大槌に行っているのに、なんという非道なことをしたのかと思うと、胸が煮えてならなかった。

おみよに事件の顚末を話して聞かせると、おみよは遠くを見るように言った。

「あの霧の中から聞こえてきた木遣り節は、おえんさんの声ではなかったんだね……。もしかしたら、おっ母さんが風になって、おえんさんを探せって唄ってくれたのかも……」

松庵は火消しの与五郎の木遣りが、おみよの亡き母の木遣りと重なった時、おみよには風の唸り声が母に唄って貰っていた木遣り節のように聞こえたのではないかと思うのだった。

七

おみよの父辰吉は、鹿角を回っていたらしく秋田街道を通って夕顔瀬惣門から帰って来るという。

その日、松庵はおみよに付き添って夕顔瀬橋で待っていた。橋の上から眺める岩鷲山《おやま》は襞《ひだ》ひとつなく白銀に覆われている。山際の空は薄紅に染まり、淡い光りに包まれていた。冬茜《ふゆあかね》は秋の落暉《らっき》とは違って哀れさを誘うものである。

思えば亡き娘おゆきに似たおみよが、去年の夏に日影長屋に身を寄せてから、半年あまりの間、無惨なことばかり続いた日々であった。

「おみよ坊、お父《ど》さんがもうすぐ来るの」

と松庵が言うと、おみよは岩鷲山を見つめながら頷いている。その可憐な顔に冬茜のやわらかな光りが差していた。やがて茜の空は徐々に濃紫色に染まり夜の帳《とばり》を下そうとしていた。松庵の胸に、ふと不安が過《よぎ》った。

「おみよ坊、去年は無惨《むじ》ぇごとばかりで、お前《めえ》も辛《つれ》ぇ思いしたべぇの。したども、これがらも益々食《けえ》ねぇ人達が出て死人《しびと》が増えるべぇの。町では人殺しだの、掻っ払いだの出はって、おっかねくて歩けねし、闇夜のような世の中が続くがも知れねぞ……。良《え》ぇのがこんたな盛岡さ帰って来て……」

松庵の言葉に耳を傾けていたおみよは、無言で頷くと口を開いた。

「お父つぁんがね……、明けねぇ夜はねぇっていつも私《あたい》に言ってた。夕茜はね……明日は晴れるんだって教えてるんだって」

その言葉に元気づけられて松庵が応えた。

「そうだの。明けねぇ夜はねぇの。朝は必ず来るんだの」

夕暮れの夕顔瀬橋に佇む二人の方へ、旅装の男が近づいてくる。辺りは薄闇に包まれていたが、おみよにはそれが誰なのか分かったようであった。

「あっ」

と小さく声を上げておみよは、駆け出した。

烽火

一

天保七（一八三六）年十一月。

陸奥盛岡藩の城下町は、霜月の木枯しが吹き荒れていた。

城の濠である中津川に架かる上の橋のたもとまで来ると、おみよは立ち止まって、橋の向こうに見えている京町を見つめた。夕闇が迫る京町には得体の知れない魔物が潜んでいるような気がして、一瞬、ひるんだが、その気持ちを振り払うと橋を渡った。

京町の中ほどにある小間物屋の前に立つと、はす向かいの一膳飯屋に目をやった。軒下に「お多福」と書かれた釣り行灯が下がっている。その文字を確かめると、おみよは小間物屋の前から動かなかった。夕間暮れの往来は人の顔も見えない。先刻《さっき》まで少し開いていた飯屋の腰高障子が一尺ほど開いた。父辰吉の憂い顔が見えた。父と向き合っている男は、二刻《ふたとき》（四時間）前に、おみよ父娘の住む日影長屋に来た男だ。十日前から度々やって来るが、戸口の外で父と話し、すぐに帰って行く。秘密めいた振る舞いをするこの男は、花巻通りの百姓だという。男の後を追うように出て行った父は、夕闇が迫っても帰って来なかった。

冬場になり、大工仕事がなくなっていた父が度々家を空けるようになったのは、一月前《ひとつき》からである。初めは嘉助という宮守村の老百姓が、長屋を訪ねて来た時だった。

その日、おみよは手習い師匠をしている隣の松庵の部屋にいた。この春から油屋の娘に手習いを教え始めたおみよに、松庵が手習い指南の手立てを教えていたのだった。戸口で咳込み続ける男の声がしたので、開けてみると見知らぬ老人が胸を抑えて立っていた。

「辰吉つぁんの家でがんすか」

隣にいると知らせたが、胸が痛むのか屈みこんでいる。騒ぎを聞きつけ、辰吉が飛び出して来た。

「嘉助さんでねぇすか。何じょしたのす」

名を呼ばれて安堵したのか、嘉助はそのままくずおれた。松庵がすぐさま部屋に休ませると、蹌踉《よろけ》（珪肺）のようだから、胸の痛みが治まるまで動かせぬと手当てしてくれた。あの時、父の辰吉は銅山で世話になった人だといって、嘉助の看取りをしていた。

翌日、父は嘉助に付き添って宮守村まで行ったが、帰って来たのは三日後だった。

今、飯屋にいる花巻通りの百姓は、嘉助の知り合いといったが、父とはどんな関りがあるのであろうか。

往来が暗闇になった。人影も見えない。懐ろ手をした父の顔が心配気に見える。このごろ父は考え込んでいることがある。昨夜はうなされていた。目明しさん済まねえと譫言《うわごと》を言っていたので、揺り起こすと昔の夢を見たと、汗を拭いていた。あんなにうなされていた父を見たのは初めてだ。何かのっぴきならないことに首を突っ込んでいるのでは……。もしや、昔のあの事に関りがあるのでは……。亡くなった母志乃から聞かされていた父の昔のことを思い出し、不安になった。

父の辰吉は、おみよが志乃の腹の中にいた時、博奕の科《とが》で沢内の銅山に仕置された。花巻通りのこの男も父と一緒に銅山で働いていたのだろうか……。嘉助さんが松庵先生の部屋で臥せっていた時、銅山での仕事が酷かったのと訊いたら、父は暗い目をして何も訊くなというような顔をした。あの時の父の目差しに不安を覚え、お袖おばさんに尋ねると、

「銅山での苦役は酷《ひで》ぇものだそうだ。そんたな辛《つれ》ぇがったごどを聞かせてぇ親はねぇよ」

と言った。

向かいの部屋で八卦置をしている袖は、昔芸妓をしていたおみよの母の先輩で、母が亡くなってからも、父娘に心配りをしていてくれていた。誰にも言いたくない過去を胸に秘めているとの袖に聞き、おみよの胸は痛むのであった。

飯屋の釣り行灯が風に揺れている。父と男は腰を上げる様子はない。誰を待っているのか男はしきりに往来に目をやっている。

先刻から音を立てて鳴っていた小間物屋の脇木戸が大きく揺れ、強風がおみよの体を襲った。身を縮めて木戸から離れた。突然、獣のようなものにぶつかった。蓑笠の男であった。男の顔が釣り行灯の下ではっきりと見えた。あの若者であった。今年の夏、盂蘭盆会《うらぼんえ》に城下の町々を回って歩くさんさ踊りの輪の中で踊っていた男である。一度会ったことのあるおみよに気付かずに、黙礼すると真っすぐに飯屋に入って行った。男が父の側に行ったのが見えた。花巻通りの男が腰高障子を閉めた。後には頭を寄せ合っている三人の影が障子に映っていた。父の様子を見に来たが、中には入れず凍える寒さの中を帰って行くしかなかった。

おみよが初めて若者と会ったのは、鍛治町表通りの紙屋仁兵衛店に盂蘭盆会のさんさ踊りが回ってきた時のことである。若者は菅笠を目深にかぶり、手拭いで頬被り《ほおかぶ》りをして踊っていた。ひょっとこや、おかめの面をつけて、おどけながら太鼓を叩いて踊る男たちや、のけぞるように艶めかしく踊る女たちに交って、若者は猛々しいほど力強く太鼓を叩きながら踊っていた。躍動する肉体からは汗がほとばしり、紅《あか》い襷《たすき》が濡れるまで踊っている。その踊りは何者かに怒りをぶつけているようにも見え、目をそらすことができなかった。見ているうちに涙が溢れた。怒り狂うように踊るのは、辛く苦しい思いをした人たちの御霊が、盂蘭盆会に帰ってきて、この若者の体に乗り移って踊らせているのだろうか。おみよの心は若者が踊る姿に縛られていた。

踊りを終えた仲間たちが、手桶からひしゃくで水を汲み、喉を潤している。顔を隠して踊っていた若者が、菅笠と手拭いを外して、汗を拭いている。日焼けした顔の中で意志の強そうな双眸《そうぼう》が光っていた。丁度、藪入りで牛馬宿から日影長屋に帰っていた、左官の息子の善太が顔見知りなのか声をかけていた。傍らにいたおみよを見た若者がまぶしそうな目で会釈した。

お父つぁんは、あの若者を知っているようだが、どんな関りのある男なのだろう。この頃、景気が冷えこんでいるせいか、不穏な事件が続き、夜回りだって厳しくなっている。こんな夜にわざわざ京町までやって来たのは何故なのだろう。いくら考えても、答えが見つからない。思いあまって袖の部屋に行って尋ねてみた。

「お父つぁん、何か隠し事があるようで、知らない人と会っていたの」

心配気に尋ねるおみよに、袖は見えない目で顔を向けた。

「隠し事だって……。うんでも、辰吉つぁんは、悪い事の相談に加担《かた》る人ではねぇよ。第一、沢内の銅山さ仕置になったのも、元はといえば悪党の目明しに嵌められたからなんだ。銅山で一緒に働いていた人かも知れねぇと言うけど、一緒に働いていたからといって、科人《とがにん》とは限らねぇんだよ。真っ当《まとう》な人たちもたくさん稼ぎに行ってたのだから……」

「ええ…。でも、深刻そうだったの」

飯屋の様子が心配で、途方に暮れているおみよに、袖が言った。

「大丈夫だ。おみよちゃんたちが、お伊勢参りで御師宿《おしやど》（伊勢神宮参詣者の宿）さ、泊まった時、壊れた所を直してあげて御師さんに気に入られたそうでねぇの。あれから御師さんに頼まれて、村の道案内やお札を置く手伝いをするようになったんでねぇすか。恐らく、辰吉つぁんはその人たちとお伊勢参りの話でもしてるんでねぇの」

袖になだめられ、気を取り直して家に帰ろうとすると、少し待ってと言いながら、手探りで屏風の陰にあった袷《あわせ》を出した。

「この絣《かすり》っこ。古着屋をしている私の客が、見料の代わりに置いていったのさ。私さは若ぇかも知れねぇ、と言ってたから、おみよちゃん、着ておくれ。辰吉つぁんから弁財天のお札《さつ》を貰って貯めてたのに、口惜しかったなはん。古着っこ一枚も買えねぇくなったなんてさ」

遠慮しているおみよの手に、袖は紺絣を渡してくれた。涙が出るほどうれしかった。今着ている袷は着古して、布目が薄くなり腰揚げを下ろしても脛《すね》が見えた。冬の冷たい風が脛に突き刺さって痛かった。油屋の娘に手習いを教えに行く時は、辰吉の盲縞の袷を借りて行った。十日、十日に入る手習いの礼金は暮しの足しに使われた。七福神札《しちふくじんさつ》（藩札）の弁財天札は、辰吉が大工仕事の片手間に、紙屋仁兵衛に頼まれて小篳笥を作ってやった礼金だった。おみよはそれを父の辰吉から二枚貰った。だが、値崩れが続き七福神札は、紙屑同然となっていた。目が見えない袖が、母親のように身なりまで案じてくれていた。そのことが何にもまして嬉しく、紺絣を抱きしめると声を詰まらせた。

「大切に着させて貰います」

おみよの声に、袖は一瞬、微笑んだが、七福神札なんて貧乏神のお札は、早く通用禁止にしてほしい。古着を買えたはずの弁財天の札が、豆腐二丁分にしかならないなんて、騙《だま》されたようなものだと言った。

二

夢の中で遠くに呼び子の音が聞こえる。その音は次第に近づいてきて、長屋の外で止まった。夢ではなかった。胸騒ぎを感じて、衝立《ついたて》の陰の父の寝床を覗いた。もぬけの殻だった。外に出ると長屋の表木戸に、父と松庵が立っている。又、呼び子の音がした。表通りを走って来た捕り方が、木戸に来て声をかけた。

「怪しい者、見掛けねぇがったか」

「呼び子の音が聞こえて、川端を走る音がしたので、起きて来あんしたが、誰も見掛けなごぁんす」

松庵が木戸の外を覗いて言った。

「不穏な輩《やから》が城下さ入って、動き回っておるから、見かけたら知らせてけろ」

木戸の中を覗きこんでいた捕り方は、松庵にねぎらいの言葉をかけられると、川端通りの方へ走って行った。

松庵と辰吉が無言で顔を見合わせ、その顔をおみよに向けると、何も言うなというように首を横に振った。静かな露地を戻ってくると辰吉の足が松庵の家の前で止まった。

「おみよ……。お前《めえ》は先に寝てろ」

辰吉は辺りをはばかるように小声でささやき、松庵と部屋に入った。戸口を閉める時、中に人の気配を感じた。

捕り方が追っているという不審者を、二人とも見掛けなかったというのは、真《まこと》だろうか。こんな夜更けに鍛治町界隈に入りこんだ賊は、表通りの豪商のお店に押し込みでも謀ろうとしたのだろうか……。七福神のお札の値は下りっぱなしで、城下の両替屋は軒並みに潰れたらしい。そのせいで、その日もままならない人があぶれている。市中で物騒な事件が続くのは、そのせいらしい……。

松庵先生の部屋から聞こえる途切れ途切れの忍び声……。こんな真夜中に何の相談があるのだろう。先刻、感じた人の気配……まさか、そんな人をお父つぁんたちが匿《かくま》うはずがない。と胸に聞かせながらおみよはいつしか寝入った。

空が白み始め、近くの家の雄鶏の鳴き声で目が覚めた。父が旅仕度をしている。振り分け荷物に桐油合羽《とうゆがっぱ》を入れると、上がり框《かまち》に腰を下した。

「長旅なの、お父つぁん」

父の出立《いでたち》に驚くおみよに、辰吉は脚絆を巻きながら声を潜めた。

「一日で帰る」

「それじゃ、帰りは夜半過ぎ？」

日帰りにしては身支度が整い過ぎていると思いながらおみよは訊いた。

「ああ、真夜中がも知れねぇ。俺ぁを見かけて訊いた人がいたら、お伊勢さんのお札を置きに行ったと言えぇ」

と言い脚絆を巻き終えると辰吉は、松庵の部屋に顔を向けて言った。

「客がいる。足、くじいて歩けねぇ。松庵さんもすぐ出掛けねぇばならねぇ。お前、客の世話をしてけろ」

昨夜の捕物騒ぎが胸をよぎった。

「夜更け……」

「誰にもいうな。知れたら皆が困る」

おみよの言葉を遮《さえぎ》って辰吉が後ろを振り向いた。

「俺《おら》ぁが恩を受けた人の息子だ。何じょしても助けてやらねえばならねぇ」

と言った辰吉の顔が土気色である。どこか具合でも悪いのかと訊いたおみよに、昨夜寝てなかったから疲れているだけだ。心配はいらねぇ。と急ぎ足で家を出て行った。

夜更けに隣の部屋に感じた人の気配……。父の恩人の息子だというが、捕り方に追われていたのだ。何をしでかしたのか知らないが、その男の世話をしろと父は言った。おみよの胸に言い知れぬ不安が広がっていった。

長屋の者たちは、まだ起きていなかった。握り飯を紺絣の袖に忍ばせ、無事を祈りながら松庵の部屋を開けた。男が背を向けたまま足の手当てを受けている。松庵が顔をあげておみよを見た。男が動きにくそうに振り向いた。声が出なかった。男の顔は、昨夜、小間物屋の釣り行灯の下で見た若者だった。おみよと目が会うと、俯き加減で言った。

「すまねぇ。夜が明けねぇうちに出て行くつもりだったのに……。こんたな目に遭ってしまって……。とんだ迷惑を……」

胸の動悸が収まらずに、おみよは呆然と立っていた。

「悪い男ではねぇ。急ぎの務めで来たのだがの……。足、くじいてしまって、村さ帰れねぇくなった。それで、辰吉つぁんに代わりに行ってもらったのだ」

手当てを終えた松庵が、おみよを部屋に上がらせて話し始めた。若者の名は幸吉といって盛岡近郷の黒川村で百姓をしているという。父親の巳之松は、辰吉が沢内の銅山で落盤事故に遭った時、助けてくれた掘大工《ほりだいく》である。抗内で落盤があった時、辰吉の足に乗っていた石を必死でどけてくれた。落盤はそのまま治まらず、二人で逃げようとした時、巳之松の腰に大きな石が落ちてきた。二人とも大怪我をして抗内から運び出されたが、巳之松の怪我は辰吉より重く、そのまま在所の黒川村へ帰されたという。家に帰ってからは、しばらく養生をし、野良へも出ていたということであった。辰吉が巳之松に再会したのは、三年前の冬に伊勢暦を置きに行った時のことであった。

「巳之松つぁんは、今年の春に亡くなったそうだ。大した腕のいい掘大工で、嘉助さんと組んで銅山さ入ったのに、家さ帰されてがらは、腰が立たねぇくなって歩けねぇがったがら、野良の仕事は、這ってやってたそうだどよ。残念だったな」

と松庵は辰吉から聞いたことを教えてくれた。

盂蘭盆会にさんさ踊りにやって来た男の父親は、父辰吉の命の恩人だったのだ。初めて聞く話におみよは不思議な巡り合わせを感じながら、幸吉に言った。

「今、こうしてお父つぁんと、暮していられるのも幸吉さんのお父つぁんのお陰です」

「俺ぁのお父こそ、世話になって……」

ことば少なに話す幸吉の目は、実のある男のように思えた。が、そんな男がなぜ、捕り方に追われたのだろう。父が幸吉に頼まれた急な務めとは何なのだろう。本当のことを知りたかったが、昨夜の騒ぎが気に掛かって、直には訊けなかった。

「お父つぁんが急いで行ったのは、遠い所だからなの」

「なに……、そんたに遠くではねぇ。舟っこ使ったから、夜半過ぎには帰る。お札《ふだ》を置きさ出掛けたのだから心配するな」

「お父つぁんも、他人《ひと》に聞かれたらそのように言えと……。でも……」

おみよが得心してないと思ったらしく、松庵が話してくれた。

「今の世情は何じょなごとになっているか、おみよ坊にも分がるべぇ。銭の値は下りっぱなしで何ぼ稼いでも、食うものすらろくに買えねぇ世の中だ。うんだが、日銭が僅かでも入ってくる町方の者は、まだましなのだ。こんたな不作の年で年貢も払えず、銭っこも入らねがったら、百姓達はどうやって暮していけるのだ……。どん底暮しが続いて、日干しになっておる人々が多いのだぞ。百姓たちはみな追い詰められているのだ」

松庵の話に幸吉は憂い顔でうなずいている。

「儂《わし》もの……。生まれは小本村の百姓の倅《せがれ》だから分がるのだ。百姓というものはの、どんたな不作の年でも、先祖代々譲り受けてきた土地を潰してはならねぇと、地べたさ這いつくばっても、働くものなのだ。うんだが、今年は酷ぇがったの……。五穀の神も天象さは勝てねえ。不作続きだものな。それなのに、年貢の取り立ては益々厳しくなった。小前百姓《こまえびゃくしょう》などは、割り付けも払えねぇくて、村役さ借りるのだが、このとおり払えねぇしな。借りた銭は雪転《ころ》がしみてぇに、膨らんでいくばかりだ。娘っこのいる家ではの……、身売りさせて借りた銭を返そうとする。返せねぇば、田畑取り上げられるべぇしの」

身じろぎもせずに幸吉は聞いている。何かを訴えるような目で、松庵はおみよを見つめた。

「今年は、追討ちをかけられたの。あの貧乏神の七福神の札っこのせいで、両替屋から質屋までずらりと店を畳んでしまった。おかげて商いができねぇくなった店も一杯《いっぺぇ》ある。とんでもねぇごどだの。奉公先を探すといっても容易でねぇな。親は我が身を切られるより辛べぇの。娘っこを身売りさせねぇば、家族が食っていけねぇのだ」

松庵の目には怒りの涙がにじんでいる。

「食うものがねぇば死んでしまうのだ。先頃《せんこ》ろもの……。上の橋の下の浅瀬さ、死んだ赤子が菰《こも》さくるまって、浮かんでらったべぇ。うんだが、誰も責められねぇ。食い扶持減らすために、泣く泣く川さ流してやったのだ。どんたなごとしても、生きていがねえばならねぇがらな」

悲惨な世を嘆く松庵の話に、おみよは胸が詰まり涙があふれた。

「間引きだけではねぇ。もっと無惨なことが起きておる。この前、ある山さ貸した銭を取りさ行った男の話だが……。田畑が荒れて人が住んでいねぇようだったので、家さ入ってみたら……。まんつ無惨な話だ。飢えで死んでた母親の傍らで、十三、四の娘っこが、母親の腕っこを食いちぎってたそうだ。男は怖《お》っかねぇくなって、逃げてきたようだがの。最早《もはや》、人ではねぇ、鬼でがんした。と言ってたが……。飢餓が続けば鬼も出る。村里さだって餓死する者がいるというのに、贅沢《ぜいたく》三昧に明け暮れている役人達もいるのだ。地べたさ這いつくばって身を粉にして作った作物は、己の口さ入らねぇ。そんたな馬鹿なことがあるか……。人は生きるか死ぬかの瀬戸際まで追いつめられたら、どうする……。町方の儂らだって腕まくりしてやらねぇばねぇ時が来たのだ」

人は生きるか死ぬかの瀬戸際に立ったら、生きるためには鬼にもなる。松庵が言ったその言葉におみよの心は衝き動かされていた。

おみよはこの長屋に身を寄せてから三年余り、松庵に、読み、書き、算盤、往来物、勉学の勧めや日常の道徳を説く実語教も指南され、この春から油屋の娘に手習いを教えるまでになっていた。父娘が一緒に暮していけるようになったのも松庵のおかげだった。

小本村の肝煎の次男として生まれた松庵は、遠野郷の信用塾で学問に励み、村の寺子屋師匠になるはずだった。が、学問の途中で父親が急逝し、城下の上田組町の足軽同心の娘の入り婿となった。家督を譲られ貧しいながらも、倖せに暮していた。が、それも長くは続かなかった。義父母が労咳《ろうがい》になったのだ。治療のために借りた銭は膨らみ続け、金貸しが奉行所に訴えた。その上、治る見込みがないと知った義父母は、自ら食べ物ものを食べず相対死《あいたいじ》にのようにして死んでいった。扶持を失った松庵は同心屋敷を出て、妻娘と京町裏で暮していた。が、貧しい暮しから抜け出すことが出来ず、妻娘も流行病《はやりやまい》で亡くしたのであった。城下に身寄りのなくなった松庵だが、今では大工町の寺子屋に出向き、町方の子らやお店《たな》の奉公人に手習いを教えていた。

町の人々から敬愛され、常日頃、穏やかに道を説いてきかせる松庵が、目に怒りの涙をにじませて世情を嘆いている。その涙はおみよの心を揺さぶっていた。

三

油屋に寄るので帰りは遅くなる、と言って松庵が出て行ったのは、辰の刻（午前八時）であった。

おみよが松庵の部屋を出ると、木枯しが長屋の露地を吹き抜けていった。長屋の住人は朝から出払っているようだ。が、袖の部屋には客がいるらしく男の声がしていた。

昼刻前、袖の客が長屋の裏木戸から帰って行った。

（深編笠のお侍さんだわ。いつも裏木戸から入ってくる……身なりがきちんとしているけど、お城勤めをしているのでは……）

侍と入れ違いに、表の木戸から左官の太助夫婦が入ってきて、油樽を下ろした。この辺りの出職の者たちは、冬になると油屋嘉兵衛の店で油を卸して貰い、市中を振り売りしていた。井戸の洗い場で、手習いの筆を洗っているおみよを見ると、女房のお勝が弾んだ声を出した。

「あやゃ、おみよちゃん。その絣っこ良ぐ似合うよ。油屋のお初ちゃんが、おみよ先生は私さ、とんぼ返りをして見せてくれたよ。男物の袷っこ着て、まるで〆組の若衆みてぇだった、と喜んでだけど……。やっぱりおみよちゃんさは、絣っこの方が娘らしくて、良ぐ似合うよ。まあ、小さぇ頃から旅一座で軽業を仕込まれてやってたぐれぇだから、若衆の恰好も似合うべんともさ」

「あれは、袷を買えなくて、お父つぁんから借りたの」

とおみよは恥しそうに笑った。

「うんだ。私らも古着っこ一枚、買うったら相当稼がねぇばならねぇ。今は、このとおりさっぱり売れねぇ。町中、声をからして歩いても、さっぱり売れねぇのす、油屋の旦那さんの話では、この頃、釣り行灯の火も早く消してしまって戸締まりする店がある。こんたに、町中、切り詰めた暮しになって、この先、何じょになるべぇ、と案じでだっけが、本当に泣きたくなるようだなはん」

暮しの行末をぼやいていたお勝は、亭主に昼飯をせっつかれ部屋に入っていった。

油屋嘉兵衛は、油の売れ高から、市中の景気の動きが分かっているらしく、今年は取り引き先の店の台所も火の車のようだ。近々身代を潰しそうなお店があるようだ、と松庵と話していたことがあった。松庵が油屋に寄ると言っていたのは、油屋嘉兵衛店の丁稚を他の店に奉公させなければと嘉兵衛に言われ、その相談に行ったのではないかと思った。いつも頼まれ事が多く帰りが遅い松庵だが、今日だけは、早く帰って来てほしい。捕り方の目を恐れて、幸吉がじっと隠れているのだから……。今は気付いていないようだけど、お勝に知られでもしたら、大騒ぎになりかねない。それを思うと不安でたまらなかった。

昼過ぎ、太助夫婦は油売りに出掛けて行った。静かな露地の溝板の上を杖を突いて歩く音がしておみよの部屋が開いた。

「危ねぇまねは止めてけて。今度ばかりは、やってはならねぇのす」

「…………」

「お前《め》はんは、困っている人を見たら、黙ってられねぇ娘だ、というのはこの私が一番知っている。うんでも、今度ばかりは止めてけて……。もし捕り方さ追われるようなことになったら、あの世さ逝ったお志乃さんに申し訳が立たねぇ……」

袖は松庵の部屋に顔を向け、高い声で必死に何かを訴えている。

（幸吉さんが匿われていると知ってるんだ。危ないまねとは、一体、何なの……。何故、お袖おばさんは知っているの）

自分の知らないところで、何かとてつもないことが起きて、皆が動き出している。お父つぁんや松庵先生も……お袖おばさんは、それを知っている。

袖の顔がおみよに向けられた。目が見えない袖の手がおみよの手を探った。

「気を強くしておくれ」

しっかり握ったその手が必死に何かを訴えていた。

（昼刻前にお袖おばさんの部屋から出て行った深編笠のお侍さん……。このごろ、足繁くやってくる。お袖おばさんは、あの御方から何かを聞いて止めに来たのでは……。松庵先生も、儂らがやらねぇばねえ時が来た、と言っていた。そういえば、お父つぁんが出掛けに、知られたら皆が困る、と言ったのは、長屋の人のことではなくて、お百姓さんたちが困るということだったのだ。

嘉助さんの知り合いだという花巻通りのお百姓さんが度々やって来るのは、お父つぁんたちの手を借りたいからなのだ。御用金の取り立てや重い賦役《ふやく》（貢物と労役）を強いられ、お百姓さんたちは苦しんでいる。その上、七福神札の値は下がりっぱなしで、人々は皆追いつめられている。どん底まで追いつめられたら、もう後はない）

貝吹《かいふき》（百姓一揆）……。貝吹の手助けなのだ。思い巡らした挙句に突き当たった答えが貝吹の手助けと知って、おみよは愕然とした。おみよの脳裏に浮かんだのは、出掛けに見た父の土気色の顔だった。お父つぁんが、幸吉さんの代わりで行った務めとは……。

居ても立ってもいられずに、おみよは松庵の部屋を開けた。幸吉と目が会った。幸吉はおみよから目を逸らし、外に目をやり「気付かれたな」と切羽詰った声で言った。

「お袖おばさんは、ここに人がいるなんて、誰にも言わない」

おみよは幸吉の目を真っ直ぐに見つめた。

「お父つぁんに頼んだ用とは、石町《こくちょう》惣門の守りがどうなっているのか、知らせることだったの」

幸吉の目に動揺が走っている。二人の間に沈黙が流れた。やっと口を開いた幸吉が、ためらいがちに言った。

「これは、俺ぁ達が一味同心となってやることなのす。おみよさんでも教えられねぇ」

暗い目差しを向けると、これ以上、何も訊くなというように背を向けた。その背には、おみよが想像することも出来ないような、重い荷物を背負わされているように見え、胸が痛んだ。幸吉は一味同心と言った。やはり、貝吹に手を貸すことだったのだ。お父つぁんも松庵先生も、一味同心となって動き出したのだ。幸吉さんだって、この部屋にじっとしているのはどんなに歯がゆいだろう……。でも、今は、捕り方の目が光っている。どんなことがあっても捕まってはいけないのだ。

露地で袖の声がした。客を伴っているようだ。戸口で袖が声をかけた。

「松庵先生、帰られあんしたか」

「私、留守を頼まれたの。急ぎの仕事をしていて、手が離せないの」

粟立つ胸を気取られないようにと、努めて平静に言った。

「出掛けてお出るのすか。帰られたら、加賀野の殿様がお見えになられたと、伝えて呉てや」

松庵の客は無言で立っていた。帰り際に戸板の隙間から去って行く足音の方に目をやると、深編笠の侍の後ろ姿が見えた。

あのお侍は何のために松庵を訪ねて来たのだろう。幸吉さんを捕り方に差し出せということなのか……くずおれそうな気持ちを堪《こら》えながら、上がり框に腰を下した。後ろに幸吉が立っていた。

「すまねぇ。これ以上迷惑をかけられねぇ」

左足をかばいながら幸吉は土間に下りようとしている。

「その足でどうやって逃げるの。ここから、幸吉さんを出したら……」

お父つぁんや松庵先生に叱られる。と言おうとしたが、おみよの口から出た言葉は、自分でも意外な言葉だった。

「私も、お父つぁんや松庵先生と同じ気持ちなの。今日一日、幸吉さんを匿っていたんだもの。もう、私、あんたと同じ舟に乗ってしまったの。引き返せないわ。舟に乗ったら、みんなで力を合わせて岸まで漕《こ》いでいかなきゃならないの」

幸吉は遮二無二出て行こうとしている。おみよの黒い瞳が熱をもって潤んでいる。

「行かないで。幸吉さんを捕り方なんかに渡したくないの」

すがりつくような声だった。

「すまねえ。こんたな目に遭わせて」

幸吉の震える手がおみよの肩をつかみ、振り絞るような声で耳元に囁いた時、おみよの体に痙攣《けいれん》が走った。頭の芯までしびれたようになり、膝がなえ幸吉の胸に崩れていった。弾かれたように幸吉は、おみよを抱きしめた。

「お前を忘れねぇ」

ひとときの命を燃すような抱擁だった。

四

松庵が帰ってきたのは、戌の刻（午後八時頃）だった。

加賀野の殿様という侍が訪ねてきたが、あの侍はどんな御方なのかとおみよは尋ねた。

「先刻、お会いしてきたばかりだが、儂らと同じ気持ちの御方だ」

と松庵は落ち着いた様子で言った。幸吉の目に安堵の色が宿り、居住まいを正した。

「松庵先生、大した迷惑を掛けあんした。これ以上は長居されねぇがんす。この足だば、最早《もうは》、帰れあんす。様子をみて、裏から出ていきあんす」

幸吉はすぐにも立ち上がりそうな様子である。松庵が心配気に言った。

「急《せ》ぐのは分がるがの。その足だば無理だ。舟っこの手はずは、油屋さんさ頼んで来た。新山河岸は番所を通らねばならねぇ。間道を抜けて、簗川の渡しから舟さ乗って行け。いいか、夜明けまで待て」

「なあに、五里の道などいつものごとでがんす。これ以上、迷惑をかけては」

舟での帰村を固辞する幸吉に、松庵が諭すように言った。

「お前が一刻も早く戻って、村の者たちに顔を見せてぇのは良《よお》ぐ分かる。城下さ偵察さ行った者が、帰って来ねぇと聞いたら、動揺する者もあるべぇ。うんだが、その足では無理だぞ。医者をしていた儂が言うのだからな。昨夜のように、捕り方に追われても、今度は逃げ切れねぇぞ。捕まったら、それこそ、とんでもねぇごとになる」

捕り方と聞いておみよは、思わず声を上げそうになった。松庵が人差し指を口にあて、二人に合図した。

外の気配に耳を澄ましたが、木枯しが聞こえるばかりで、誰もいないようであった。松庵の声が低くなった。

「お前が捕まったら、一味同心で結ばれていても、苛立つ者がおるべぇの。事を起こす前は、あれこれ疑がって気が立つものだからな……。固い結束が揺らげば、失敗の因《もと》となる。

分がったな……お前の足で五里の道を走らせる分けにはいがねえ。辰吉つぁんだばお前の村の百姓達の顔をよおぐ覚えでおる。どこの百姓家も、皆、辰吉つぁんがお札を置きさ行った家だべぇ」

おみよの脳裏に父の辰吉が、伊勢神宮のお札を置きながら郷村を回って歩く姿が浮かんだ。お父つぁんは村里を回りながら、年貢の取り立てに苦しむ人々の話を聞き出していたんだ。命懸けで自分を助けてくれた巳之松さんや、仲間の嘉助さんのような人達に恩返しをしたいと思っているのだ。だが、父の願いは果たせるのだろうか。城下には父が科人だった頃を知っている役人はまだいる、と聞いている。夜更けに城下に帰ってきた時、お伊勢さんのお札を置いてきた。と言い訳が出来るのだろうか。こんなに夜回りが厳しいというのに……そう思うと矢も盾もたまらなかった。

「お父つぁんが帰ったら、後の務めは私にさせて下さい」

思いがけないおみよの申し出に、幸吉がうろたえている。

「此処さ……。此処さ居させてもらったことだけでも、危ねぇごとなのに、これ以上させる分けにはいがねぇ」

周章てて止めにかかる幸吉を、松庵は思案顔で見ていたが、おもむろに口を挟んだ。

「うんだがの幸吉つぁん……あの務めは、お前の足では無理だぞ。だから、誰さがな」

途中まで言いかけた時、外で音がした。風の音ではなかった。

「ごめん下《くだ》んせ」

提灯の灯を消して入って来たのは、油屋の嘉兵衛だった。

「明日、七ツ半（午前五時）に、店の者が荷車で迎えに来あんす。手はずは整えあんしたから、大丈夫であんす」

幸吉が城下を脱出する手はずを、忍び声で話すと、嘉兵衛は心配気に言った。

「ところで、松庵さん……加賀野の殿様は大丈夫でごぁんすべぇが。今、役人が落首を貼ったのは、誰かと臭《か》ぎまわってるそうで……」

松庵の顔が曇り、嘉兵衛を凝視した。

「その落首とは、紺屋町の湯屋さ貼っていた張り紙のことすか」

嘉兵衛が松庵の前に膝を進めた。

「はあ、紺屋町ばかりでなごあんす。昨日、私らの店の振り売りが、お八幡さんの境内で休んでだら、立派な字で書かれた張り紙が境内の木に貼ってあったので、何て書いてあんしたと、木のそばさ立っていたお侍さんに聞いたら…まんつ、そのお侍さんが、朗々と読み上げたそうであんす」

「なんと、朗々とな……」

松庵がたまげたことよと驚く傍らで、嘉兵衛が低く唸るようにそらんじてみせた。

「下々を憐《あわれ》みて、銭札《さつ》の引き替えを即刻にすべし。お上は賄賂を取るべからず。商人を潰すべからず。御用金を取るべからず。諸役を改めてよし」

耳を澄まして聞いていた松庵が、

「侍衆の中には、今の落首と同じことを話して居られる方々もおるとか……」

と嘉兵衛の心配を打ち消して、それだけのことをする人は、奉行所のとがめは覚悟の上でやっているはずである。市中に落首が広まれば、それを聞いた人々の中には、事を起こした時に、加勢をしてくれる人々だっているはずである。落首を貼った人の狙いはそれであろう。

儂らも、最早、前に進むしかない。ときっぱりと言った。

おみよの心も決まっていた。幸吉の足では無理だといったのは、恐らく惣門の見える高い所に上って、貝吹を手引きし城下に入らせることなのだ。その務めを誰にさせようかと松庵先生は思案している。

私しかいない。そう思って口まで出かかった時、外で物音がした。父の辰吉だった。嘉兵衛を見送り、父が中に入った。旅の疲れのせいだけでなく、行灯の下で見る父の顔色はすぐれない。どこか体の按配《あんばい》が悪いのかと心配するおみよに、疲れただけだと言いながら、幸吉の村に行き肝煎《きもいり》に仔細を話してきたと言った。幸吉も安堵した様子で父の話を聞いていた。

辰吉は黒川村へ寄った後、宮守村の嘉助を見舞いに行った。嘉助は蹌踉《よろけ》に冒かされ余命いくばくもない、と覚っていたようだった。が、どうしても、この度の貝吹の願い状をお城の殿様に届けてほしい。自分のような平百姓でも大勢集まって出したなら、どんな気性の殿様だって心を動かして下さるはずだ。お城まで大勢の貝吹が押しかけていくには、城下の町方を味方につけなければ成功できない、と息も絶え絶えに懇願したというのである。

辰吉から話を聞いた松庵が、感無量の面持ちで言った。

「嘉助さんは、この長屋さ命懸けで頼みに来たのだの……。やっぱり務めは命懸けだ、失敗は許されねぇぞ」

何か言いた気に幸吉が松庵に顔を向けた。が、先に口を開いたのは辰吉だった。

「俺ぁ、大工でがんすが、何か出来ることがあれば、松庵先生……、俺ぁさ、指図を願ぇあんす」

「うんだが、番所には辰吉つぁんの顔を覚えておる者がの……。それに、高《たけ》ぇ所から飛び降りるのは……」

　松庵が何を言いたいのか、おみよには分かっていた。思いきって口を開いた。

「その務めは、私にやらせて下さい。小さい頃から高い所に上ることは慣れているわ。それに、旅一座にいた時は、梯子乗りの子方（子役）をやっていたの」

　辰吉が血相を変えた。

「何てことを言うのだ。これはな、貝吹は命懸けでやることなのだぞ。なんぼ軽業ができるがらって、十六、七の娘が、女だてらにするものじゃねえ。万が一にも、捕り方に捕まるような事になったら、俺ぁ、あの世さ逝ってがら志乃さ顔向けできねぇ」

　涙ながらに娘の身を案じて叱責する父の心を、おみよは全身で受けとめていた。が、父に危険なことをさせる分けにはいかない。辰吉の顔を真っすぐに見つめると、訴えかけるように言った。

「お父つぁんと伊勢から帰って来た年も、南部の国は不作で大変だった。血が滲むような汗を流して働いても、飢渇で食べられない人が、いっぱいいた。でも、みんなじっと堪えていた。だけど、今年は不作だけじゃなかった。あの七福神札のために、国中がおかしくなってしまったの。みんなどん底まで追いつめられて、もう行くところがないの。みんなの堪忍袋も破れちゃったの。嘉助さんが言ったように、お城の殿様に願い状のことを聞いて頂くには、大勢の人たちが力を合わせて、お願いするしかないじゃない。お侍さんのように刀も槍も持てない私たちが出来ることは、大勢で押しかけて、こんなに困っている人たちがいるんだよってお願いするしかないじゃない。女だって、みんなで力を合わせなきゃ……。おっ母さんだって、きっと頑張れって、言ってるような気がするの」

熱い思いで語りかけるおみよを、辰吉と幸吉は止めにかかった。が、おみよの気持ちは揺るがなかった。

止めにかかる二人の顔を交互に見て、松庵が正座した。

「二方《ふたかた》とも、儂さ任せてけねぇすか。おみよ坊には、旅一座で鍛えた業と度胸がある。儂がこれまで指南した手習い子の中でも、一、二を争う利発者だ。娘を案じる気持ちもよおぐ分がる。したども、おみよ坊には誰さも真似のできねえ力があるごとも、辰吉つぁんなら、分がってるはずだ。おみよ坊ならやり遂げられるはずだ。万が一、捕り方さ追われた時の秘策もある。どうか儂さ、任せて下んせ」

松庵に平伏して頼みこまれた辰吉は、不請不請に承諾した。

夜明け方、俵の中に入れられた幸吉は、油屋の荷車で簗川の渡しまで運ばれ、そこから舟に乗って城下を脱出した。

五

天保七（一八三六）年十一月二十一日、早朝。

おみよは、石町惣門が近くに見える町家の板塀に隠れ、松庵の合図を待った。大工半纏《ばんてん》に股引きをはき、頬被《ほおかぶ》りで顔を隠したおみよは、町方の若衆にしか見えない。路地の向こうに松庵が見張っていた。奥の路地にも、おみよと同じ半纏姿の若者が立っている。貝吹が見えたら、防衛隊の同心や捕り方らは、惣門前に集中し防御する手はずである。と松庵は確かな筋から聞き出していた。貝吹が来たら惣門の手前で分散させろ。さすれば、惣門に集中している捕り方や、小者たちは動揺して分散する。その隙を狙って、一挙に貝吹をなだれこませろ、と松庵が指図してくれていた。

路地の向こうにいた松庵が合図を出した。松庵に頷くとおみよは、板塀を伝って屋根に上った。家々の屋根から屋根へと伝いながら惣門が真下に見える所まで来た。腹這いのまま火事頭巾を出してかぶった。大工半纏を裏返しにすると、油町ゑ組の火事装束に早変わりした。ゑ組は城下の町方でただ一つの御用鳶《とび》である。殿中の火事に際して、出動する御用鳶が貝吹に加勢するとは誰も思うまい。もし、万が一、後で改めがあったとしても、ゑ組の装束は一着も引き出してはいないので咎めはない。火事装束は本物に似せてあつらえたものであった。

火事装束を身に纏《まと》い、惣門の真下を見ると、旅一座で梯子乗りをしていた子方の気持ちが甦った。張り詰めた気持ちで惣門の様子をうかがった。同心ら十余名、捕り方道具を携えた捕り方十名、小者ら十名、合わせて三十名ほどの防衛隊が、貝吹の者一人たりとも侵入させまいと待ち構えていた。

惣門外の鉈屋町の遠方に一筋の土煙が上がって見えた。津波のような地鳴りが近づいて来る。空は次第に土煙が広がり、黒雲で覆われたように見えた。

急を告げるように小者が走って来た。その後方から法螺《ほら》貝の音と共に、蓑笠の百姓達が叺《かます》に鎌や鋤《すき》、鍬《くわ》を入れて背負い、各村の幟旗《のぼりばた》を立てて、後から後から押し寄せて来た。

鉈屋町の道は数えきれない貝吹達で埋め尽くされた。その数は数百、いや千人を超えているだろうか。体の中を熱い血が駆け巡り、胸の鼓動は早鐘を打っている。おみよの目は一心に幸吉の村の幟旗を探していた。手はずどおりにいけば、幟旗は惣門の真下に見えるはずだ。

烽火をあげた小山田村を先頭に、宮守、達曽部、彦根、長岡、と続いてやって来た。父の辰吉が伊勢の御師さんと連れ立ってお札を置いて歩いた村々の幟旗が見える。幸吉さんの村の幟はどこにと立ち上がった。

　群れをなしていた貝吹の者たちが、合図を待つかのように屋根を見上げた。その目差しが、おみよの勇気を震い立たせた。力まかせに鳶《とび》口を大きく回すと、その先を十三日町に通じるおたか道へと向けた。貝吹たちが三隊に分かれた。左の隊がおたか道へと進んで行った。おみよは気持ちを鼓舞するように、もう一度、鳶口を回し、川原町へ通じる道へと向けた。導かれるように、右の隊が進んで行った。

　虚を突かれた捕り方や同心らが右往左往しながら惣門を離れた貝吹を追った。

今だ。惣門を破るのは……。屋根の真下に幸吉が見える。村の幟旗を持って捕り方らと攻防を続けている。

「進め……。前へ進め……」

　ひときわ高いおみよの声に、屋根を見上げた防衛隊がゑ組の若衆が屋根に上っているのは、何故なのだと騒いでいる。その隙を衝いて貝吹が惣門を破り、一挙になだれこんだ。惣門を離れた二隊も法螺貝の音に統卒され、次々と城下になだれこんで行った。

屋根から飛び降りると、おみよは大工半纏に早変わりした。路地の隅で待っていた松庵が急《せわ》しく言った。

「逃げろ。お袖さんの家さ……」

逃げる途中の路地に深編笠の侍が、おみよを見守るように立っていた。石町から十三日町へと一目散に走り、六日町の菓子職人の店の裏へ回って、中津川の川端へ抜けた。走りながら、おみよは心の中で叫んでいた。

（願い状が無事にお城の殿様に届いてくれますように……幸吉さんたちの願いが届けられますように）

中の橋近くまで来ると、橋詰めから中町（肴町）周辺は貝吹と町方の人々で埋めつくされていた。この人だかりの中に幸吉さんがいるのだ、と思うと胸が熱くなった。どうか無事でありますようにと祈りながら、おみよは川端を走り、袖の部屋へ駆け込んだ。

「誰さも後を付けられなかったか」

にせの火事装束を急いで受け取ると、袖は部屋の床板を外して、根太の下の長持ちに納めた。床板を元どおりに嵌めこむと、袖はその上に座布団を敷いて座り、おみよに白湯《さゆ》を勧めた。

「おみよちゃんと同じ半纏の男は……」

捕り方の目をくらます男を仕立てたが、その男はどうしていたか、と紬が言った。

「逃げる時、途中まで一緒に走ってくれた。でも……、もう一人、私をずっと見守るように見ていた人が……」

「……………」

「あの深編笠のお侍さん、あの御方が私に偽《にせ》の装束を貸して下さったのね」

紬の顔色が少し曇ったように見えた。が、すぐ微笑に変わった。

「誰から借りたということは、知らねぇくてもいいんだよ。捕り方がなんぼ探しても、見つからねぇがら……おみよちゃんを見ていたお侍さんは、お上のやり方さ嫌気さして、貝吹さ加勢してたのさ。そういう御方は、あの御方だけじゃねえそうだ」

おみよの目に、中の橋目がけてなだれこんで行った貝吹に、往来で加勢立てをしようとする人々の姿が焼きついていた。

「願い状は届いたのかしら」

とおみよは言った。

「辰吉つぁんが様子を見さ行ったよ。先刻まで按配が悪いと胸を抑えてたが、良《よ》ぐなったと言って出掛けて行ったのさ……。それに、おみよちゃんのごとが心配だったんだ」

袖は願い状はあれほどの人が押しかけたのだから受け取るに違いない、と言いながら、父の辰吉は心の臓が悪いらしい、嘉助を見舞ってきた時も、按配が良くなかったようだ、と教えてくれた。それにも関らず、父は松庵に指図をと頼んだ。娘を捕り方の目にさらしたくない一心からだった。松庵は父辰吉の病をとうに知っていた。何もかも知った上で、おみよを使ったのだ、と袖が話してくれた。

父と松庵が一緒に帰って来たのは夕刻だった。中の橋の様子を見てきた父が言った。

「願い状の回答は五日後に出す、と言って貝吹は村さ帰されたそうでがんすが、ほんとうに回答を下さるべぇが……」

松庵の表情が、苦悩に満ちているように見えた。

「お約束の日には、真に回答を下さるのか、と頭人が尋ねたら、御家老は武士に二言はない、と申されたそうだ。うんだが、何じょだべぇの……。中の橋さ押しかけた貝吹さ、御城の防衛隊は矢だの鉄砲まで揃えて、脅しかけてきたそうだ。橋さ一歩でも足を掛けた者は切り殺す、と刀を抜いた侍もおるそうだ」

沈うつな空気が流れていた。それを払いのけるように松庵が決然と言った。

「なんぼ脅されても、貝吹は数を増やして、押しかけて来る。今度は、昼でも夜中でも次々とやってくるぞ。己の行く道を矩火《こか》（松明《たいまつ》）を照らしながら進んでくるぞ。一人一人が手に矩火を持ったのだ。もうは、暗闇など怖くねぇ。己が持った火を上げれば、行く道を照らしてくれる。一人一人の貝吹の火が集まって大きな火となった。もうは領内のあちこちに烽火は上がってしまったのだ」

松庵の力強い言葉が、胸を打っていた。おみよは、その言葉を何度も心の中で繰り返していた。

暮れ六ツ。

今夜にも山根通りの郡山《こおり》辺りに、烽火が上がるらしいから寄合に行ってみないか、と松庵が父を迎えに来た。二人が出掛けた後、白いものが空から落ちてきそうだった。父が綿入れ半纏を忘れて行ったことに気づき、後を追った。上の橋を渡って京町の小間物屋の前で、やっと追いついた。

「冷えると体にさわるから」

と言うと、父は黙って半纏を受け取り、松庵と飯屋に入った。小間物屋の主人が出てきて釣り行灯の火を消した。辺りが暗闇に包まれていた。暗闇の向こうから提灯の灯が揺れながら近づいて来た。提灯の灯の光に浮かび上がったのは、蓑笠姿の幸吉だった。

「あっ」

束の間、幸吉はおみよを凝視していた。

「すまねぇ。急がねぇばならねぇのだ」

と、声を殺して言うと、幸吉はおみよの顔を脳裏に焼きつけるかのように見つめていたが、切ない思いを振り切るように、行く先に顔を向けると、夜の町へ遠く消えて行った。

おみよは、提灯をあげると底冷えのする夜の道を静かに歩き始めた。


天保八（一八三七）年正月、九割九分値を下げた七福神札は、幕府の命により通用禁止となった。城下の両替商や質屋は、軒並みに廃業を余儀なくされた。飢饉と銭札による経済恐慌は、領民の生活を圧迫し、極限まで追いつめたのである。政《まつりごと》に対する領民の不平、不満は並大抵ではなく、盛岡南方一揆が城下に押し寄せた時、町方の衆は腕まくりをして加勢したのであった。天保七年十一月から翌八年の正月までに、陸奥盛岡藩で起きた百姓一揆は、二十数件もあった。弘化四（一八七四）年の三閉伊一揆は、それから十年後のことである。

天保の落書

一

天保《てんぽう》八（一八三七）年正月六日午の刻。

盛岡藩の城の濠、中津川に架かる上の橋に目付きの鋭い四十がらみの男が立っていた。

男の目が鍛治町裏の川端通りを走った。表通りのお店の土蔵が立ち並ぶ川端通りは、人影も見えず、木枯らしが吹き付けていた。男の目がとある場所に止まった。そこは土蔵は見えず低木の樹々が植えられ、奥の方には小間（小さな部屋）の家々が見え隠れしていた。

男は家の数をかぞえるように、奥まで目をやると脇目もふらずに歩いて行った。

裏木戸から男が入って来た時、おみよは手習い用の筆を洗っていた。

「奉行所の方から来た。ぜひとも訊きてえことがある」

じっと睨《にら》みすえた男の目に身が竦《すく》み、何か御用でもと訊き返そうとしたが声が出ない。

棒立ちになったまま男の顔を見つめているおみよに、男は辺りを窺いながら、

「部屋を借りていいか」

と言って懐に片手を突っこんだ。

奉行所の方からと言われては断る分けにもいかない。黙って戸を開けると、男は上り框に腰を掛けて人相書を出してみせた。

「この男、見たことはねぇか」

絵師にでも書かせたのか、丁寧に描かれた人相書である。目鼻や口は大きく、広い額にはしわが刻まれ、真中に大きな黒子《ほくろ》がある。髪は侍髷《まげ》であった。が、見覚えのない顔である。

「ここさ入ったのを見た者がいる」

男は探るような目付きでおみよを見た。

「………」

無言で人相書を見つめているおみよに、男は粘りつくように返事を促した。

「この黒子のある男だ。見覚えねぇが」

「いいえ」

小さな声でやっと応えたおみよを威嚇するように男が声を上げた。

「向かいの部屋さ、女《おなご》の八卦置《はっけおき》がいるな。客で出入りしているがも知れねぇ。見かけたら番所さ届けろ」

おみよは声を出さずに頷いた。が、声を出さないのではなくて出せなかったのである。

井戸端で男に声をかけられた時から、胸の動悸がおさまらず、その音が聞こえるのではないかと心配で声が出なかったのである。

去年の十一月、城下の南方の小山田村から烽火《のろし》が上がった。飢渇《けがつ》で食糧不足になった藩は、領内一といわれるこの穀倉地帯に目を付け、年貢や御用金も、特別多く賦課させていた。だが、去年は凶作で実りがなかったこの地帯に穀改《こくあらた》めの役人が村々を回って歩き、穀類はもちろんのこと、味噌や大根菜までことごとく取り立てて行ったというのである。藩主のための御寝殿を次々と造営し、財政が苦しくなったからといって、七福神札《しちふくじんさつ》（藩札）を発行したが、濫発された藩札は、発行後、一年も経たないうちに、紙屑同然になっていた。困窮を極めたこの年に、南方の穀倉地帯を襲うようにやって来た穀改めの取り立ては憤懣やる方ない百姓達に、一揆の烽火を上げさせたのである。

城下の南方二十一ヵ村が糾合して、中の橋に押しかけた時、町の衆も勇みたって加勢したのであった。

あの日、おみよは隣に住む手習い師匠の松庵に指図され、惣門近くの町家の屋根に上った。にせの火事装束を纏って、屋根の上から惣門の防衛隊を攪乱するのがおみよの役目だった。

屋根の上で鳶口《とびぐち》を振るう火消しに驚いて、右往左往する防衛隊の隙を突いて、貝吹《かいふき》（百姓一揆）は、怒濤《どとう》のごとく城下へとなだれこんでいった。あの時、おみよは大工半纏《ばんてん》に早変わりして、貝吹の中に紛れこんで逃亡した。が、捕方に顔を見られたかもしれない。

いつかこんな日が来るかも知れないという不安が胸の中から消えなかった。

奉行所の方から来た。と男が告げた時、その不安が一気に吹き出したのだった。が、人相書の男は中年の武士らしく侍髷である。

平静さを装い、おみよは用心深く尋ねた。

「この男《ひと》は、何をしたんですか」

男の目が鋭く光った。

「火消しを惣門近くの屋根さ上らせて、防衛隊の妨害をさせた」

（やはり、あのことだった。でも、指図したのは松庵先生……。この御侍は松庵先生のように総髪《そうはつ》ではない）

人相書から目を離さないおみよに、

「お前《めえ》、井戸端で筆を洗ってたな。手習いを教えてるのか」

と男は尋ねた。黙って頷き顔を上げたおみよを、射竦《いすく》めるように見つめると、部屋の片隅に置いてある大工道具箱に目をやった。

「お父《どう》は……、大工《でえぐ》が」

「ええ」

「火消しの組は」

「お父つぁんは、心の臓の病があるから、火消しは無理なんです」

男は黙って頷き、人相書を丁寧に畳んで懐にしまった。何も言わずに立ち上がった男の目が蛇の目のように見えた。背筋に寒気が走った。邪魔したな、と冷たく言って出て行った男がすぐに戻ってきて、戸を開けた時おみよは思わず声を上げそうになった。が、先に口を開いたのは男だった。

「隣近所の者は、出払っているのか」

「ええ」

男は一人で相槌を打つと、また訊きに来ると言って出て行った。男が帰ってからも、胸の動悸はおさまらなかった。男が戻って来た時、松庵のことを訊きに来たのではと、思ったのである。居ても立っても居られず、八卦置の袖の部屋を訪ねた。

袖は亡くなったおみよの母が八幡町で、芸妓をしていた時に親身になって、母の世話をしてくれた女《ひと》であった。四十をすぎて内障《そこひ》を患ってからは、仕事をやめ、今では子どもの頃に父親に教えられたという八卦を置いて、身を立てていた。

目の見えない袖が外に顔を向けた。

「誰か訪ねて来たのすか」

と不審気に訊いた。

「奉行所の方から来たの」

とおみよは人相書を男が持ってきて、尋ねられたと告げると、袖の顔が急に曇った。

「鎌首《かまくび》の重蔵だな。昔は入れ墨者《ずみもの》（受刑者）だったそうだ。うんでも、赦されてきてからは、役人の手先さなってるんだとさ。一昨日《おととい》、橋詰の床屋で私の家を聞いてたんだと……」

とわざわざ袖に教えに来た客がいて、その客の話では、男が鎌首の重蔵と呼ばれているのは、狙い定めた相手をじわじわと追いつめて、弱みをみせたところを一気に攻め落すという、やり口が、鎌首をもたげた蛇が獲物を仕留める時に似ているからだ。と言ったというのである。男の目を思い出し怯えるように、

「きっと、その男だわ。人相書の侍がこの家を出入りしているかもって……」

とおみよは言った。

「私の家《え》さ寄らねで、脇から固めていくつもりなのだべぇ」

と眉をひそめ、袖は思案気な顔をした。

「ところで……人相書の男は何ちょな顔してあんしたか」

目の見えない袖が、人相書の顔を訊いた。

額の真ん中に黒子のある中年の武士のようだった。と告げると、袖の顔が険しくなって言った。

「分がらねぇがんすな。私はそのような御方は知らながんす。ここさ入ったのを見た。と教えた人がいるようだけど、そんな御方のお顔を見た人など、誰もいねぇと思うよ。重蔵が何遍来たとしても、誰も応えられねぇと思うよ」

重蔵のような手先には、何を訊かれても知らないと言って押し通すのが良いのだと、袖は念押しするように言った。

（お袖おばさんは、人相書の侍が誰なのか知っているのだわ……。目の見えないおばさんが人相書の顔を聞いて顔色が変った。あの顔はその侍を心配している顔だ。昔から知っている御方なのでは……。もしや、あの御方では……。おばさんの家に見える深編笠の御侍では……。私が町家の屋根に上った時も、ずっと見守って下さったあの御方では……。

重蔵が狙いをつけたのは、深編笠の侍なのだ。十手持ちでもない重蔵は、捕縛をすることはできない。が、執拗な聞きこみをし、下手人を割り出そうとするのは、自分を雇っている役人から少しでも多くの銭を貰いたいからなのだ。あの男なら、針の先で突いたほどの穴からも、綻びを見つけ出して聞きこみをするにちがいない。あの目がそれを物語っている。どんな小さなものでも証拠につながるものは、消し去らなければならない）

あの時、纏った偽の火事装束は、この家の根太の下の長持ちに隠したはずだ。おみよは、今でも火事装束がこの家にあるのかと袖に尋ねた。

「あの時の半纏と火事頭巾は、焼いて貰ったよ」

と安心させるように言ってくれたが、おみよの胸の霧は晴れない。証拠の品は焼却したけれども、誰かに顔を見られたかもしれないのだ。町の触書《ふれがき》には貝吹に加勢した者を知っていたら、番所に届けろと知らせてある。もし密告されて捕縛されたら、父の辰吉はどうなるであろう。命を縮めてしまうにちがいない。何としても捕まる分けにはいかないのである。おみよは重蔵が訪ねてきたことに、強い衝撃を受けていた。

何かを堪《こら》えるように無言で立ち尽くすおみよに、袖が安堵させるように言った。

「半纏を着て逃げたごと、案じてるのすか。うんでも、奉行所の狙いは私らではねぇと思うな。もっと大きな捕物だべぇ」

（大きな捕物とは……。貝吹と関りのあることなのか……。重蔵は貝吹に加勢し、惣門破りを企てたのもこの男だと言った。だとすると、あの日、屋根に上るはずだった黒川村の幸吉さんにも、探索の目が光っているかもしれない。頭人さんの手足となって働いている幸吉さんに、追手がかかったとしたら……）

そう思うとおみよの胸はしめつけられそうだった。

惣門破りのために城下の警衛を偵察に来ていた幸吉は決行を控えた数日前の夜に、捕方に追われてこの裏長屋に逃げこんだ。

あの夜、自分の命を助けてくれた人の息子だと知っていた辰吉は、松庵と謀って幸吉を匿ったのだった。昔、辰吉が銅山送りにされて働いていた時、抗内で落盤事故があったが、その時、助けたのが幸吉の父だった。

惣門を偵察に来たあの夜、幸吉は役人に追われ、逃亡の途中で足を挫いてしまい、村に知らせに行けなくなった。辰吉は命の恩人である幸吉の父に報いるため、幸吉の代わりとなって黒川村へ行ったのである。

捕方の目を逃れ、切羽詰まった状況にあっても、幸吉は一揆の務《つと》めをやりぬこうとしていた。あの日町家の屋根に上るのは幸吉だった。が、足を挫いた幸吉を上らせる分けにはいかない。思い余った松庵が、昔、梅若太夫一座で軽業の子方をしていたおみよを、屋根に上らせたのである。

松庵は、四年前におみよ父娘が、この長屋に住み始めた時から世話になっている手習い師匠である。軽業の子方だったおみよに、手習いを教え、師匠になる素質があると思ったらしく、指南してくれた。昔は同心をしていたらしいが、人情味があり、町の衆からも敬愛されている。その松庵が、おみよと幸吉を前にして、領民《たみ》の困窮を訴え、怒りの涙を滲ませながら、町方も貝吹に加勢する時なのだぞ、と話したのだった。

松庵の心に突き動かされて、おみよは幸吉の代わりに屋根に上った。惣門破りは成功し、貝吹は願い状をもって、中の橋まで押し詰めた。が、願い状を受け取った家老は、回答を出すと取り決めながら、それを反故《ほご》にしたのである。それどころか、貝吹を鎮圧する触書を出し、頭人や指導者を見つけ出し、知らせた者には、賞金をとらせるとして、捕縛を進めていたのであった。

二

重蔵が来たことを知らせようと、松庵の家の前で待っていると、辰吉が裏木戸から入って来た。棟梁の家で御神酒《おみき》を頂いたらしく、顔色もよく機嫌が良い。松庵の部屋を窺いながら何か用でもあるのか、と辰吉が訊いた。

「ええ、ちょっと手習いのことで……」

とおみよは口ごもった。

いずれは分かるにしろ、どんな伝え方をしたら良いものか、とためらっていた。

手習いと聞いて思い出したのか、辰吉は油屋の嘉兵衛に頼まれてきたんだがと真顔になった。

「店の前を通ったらな、嘉兵衛さんが出て来てな……。お初ちゃんを八日の市さ連れてって呉ねべがとよ」

と言った。お初は油屋の一人娘で、おみよの手習い子である。年が明けたら歳の市で、押し絵の羽子板を買ってほしいと母親にせがんでいた。

「歳の市ではなくて、八日の市にと嘉兵衛さんが言ってたの」

「うんだ。嘉兵衛さんが、ぜいたくなものは買ってはならねぇ。八日の市で売ってる描き絵《かえ》羽子板にしろ、と言ったら、お初ちゃんがな、そうすると言ったんだとよ」

と辰吉は妙に感心している。

八日の市には、描き絵羽子板も並べられている。それは廉価なもので、町方の子どもたちは、正月に羽根つきをして遊んでいた。何かと我を通すお初が、よく折れたものだと思いながら、

「明後日は、手習いの礼金が入る日なの。八日町に行って、番茶を買おうと思ってたの」

とおみよは言った。が、辰吉は、

「茶畑の茶の葉も、去年は良ぐねぇそうだ。番茶といっても市で売ってるべぇが」

と言いながら部屋に入って行った。

表通りに通じる木戸が開く音がして、松庵が帰ってきた。上り框に腰かけているおみよをみて、怪訝な顔をした。

「何かあったのか」

奉行所の方から来た男が、人相書を持ってきた。その男は人相書の男が袖の客で来ている

のではないかと疑っている。人相書に描かれていた人は、額の真ん中に黒子のある中年の武士のようだった、とおみよが伝えると松庵の顔も険しくなっていった。その表情におみよは、人相書の武士は、深編笠の侍なのだなという思いが深くなっていった。

「人相書の御侍に御心当りでも……」

恐る恐る尋ねてみたが、松庵も首を横に振った。が、その目差しは、思い悩んでいるようにも見え、かけがえのない人の名前を、口外してはならないという気持ちが伝わってくるような気がした。

おみよには探索方が深編笠の侍を狙い打ちにしているように思えてならなく、

「貝吹に加勢した御侍は、人相書に書かれている御侍だけじゃなく、もっといると聞いたけど」

と不審気に言うと、松庵が声を潜めた。

「うんだの。侍衆の中には、陰ながら貝吹さ加勢した方々も何人もおでるのだ。その方々の中には、苛政を御諫《いさ》めなさろうとして、落書《らくしょ》をばらまいている方もいるそうだ。南部の国には気骨のある侍衆がまだまだおでる。恐らく人相書の御侍は貝吹の加勢だけではなく、落書もばらまいたのかもな」

落書に似た落首なら数え唄となり、城下の人々の口の端に上って唄われていた。おみよも袖の手を引いて、紺屋町の湯屋に行った時に洗い流し場の板壁に貼られてあったのを、仄灯《ほの》りの下で何度も目にしている。

おみよは数え唄を思い出して唱え始めた。

「いちいち申し上げまする。禄盗人《ろくぬすっと》は取りつけず。ほとんど困るは御百姓。へつらう者は諸役人。田畑の荒地を起こさせて……」

途中まで唱えてやめると、落首なら役人のいない処《ところ》で多くの人々が口遊《ずさ》んでいる。その落首だって、誰が作ったのか分からないくらい多いというのに、人相書まで作って捕まえようとするのか、と松庵に尋ねた。

松庵はおみよの問いに困惑気な顔をしていたが、思い余ったように話しはじめた。

「今度、見つかった落書はの……。数え唄や川柳ごときのものではねぇ。文言も、筆跡も武士のものではねぇがとの……。それにの……。儂らのような町方の者には、知りえねぇごとも書かれてあったそうだ。それだから、探索方が乗り出したのだべぇ。したどもの……大変なごとになるの。この度の落書をつくった疑いが濃くなった時には、お目付けに呼び出されるべぇの」

松庵の顔には苦悩の色が滲みでているように思えてならない。おみよは、人相書の侍はあの深編笠の御侍ではないか、という思いが増すばかりであった。

二

正月八日。

辰吉は朝から按配が悪いといって臥せっていた。枕元に煎じ薬の入った土瓶を置くと、油屋のお初に手習いを教えに行くため、おみよは、紺絣に着替えた。

夜着を払って上体を起こした辰吉が、土瓶に手を伸した。

「大家から触書がまわってきた。貝吹さ加勢した者を覚えてたら届けろと……」

顔色が悪く張りのない声が、おみよを不安にさせた。が、つとめて平静に振る舞うと、明るい声を出した。

「町方までは手配が及ばない、と松庵先生が話してたわ」

辰吉は湯呑み茶碗に薬湯《やくとう》を注いで飲むと、背中を向けて横になった。

「つまらねぇごとさ、理屈をつけてしょっぴく役人もいる」

と気弱にいった辰吉の背中がひとまわり小さくなったような気がした。

(お父つぁんは、昔、濡れ衣を着せられて、銅山送りにされた辛い過去がある。町方まで手配が及ばないと聞いても、心配でたまらないんだわ)

胸が塞がれたが、父のことばを呑みこむと、

「証拠のものは、焼いてしまったって、だから、心配しないで体をあたためて休んでいてね」

と言ったが辰吉は返事もせずに、背中を向けたまま夜着を体に巻きつけた。その背に、さっきまで着ていた継ぎ当ての袷をかけてやるとおみよは裏長屋を後にした。

木戸を出ると、川風が吹きつけてきた。中津川の水は川床をみせて、生気を失ったように鈍く流れていた。川端通りを往来する人はみな、肩をすぼめ土気色の顔をしている。中津川から吹いてくる風は、打ち続く飢渇と一年余り前から濫発されている七福神札のせいで、日々の暮しを追いつめられた人々に、容赦なく吹きつけているように思えてならなかった。

上の橋を渡りかけた時、籐笠《とうがさ》を目深《まぶか》にかぶり黒い引き回し(道中着)を着た男に、声をかけられた。黒川村の幸吉だった。

一月《ひとつき》半ぶりに会った幸吉は、頬が削ぎ落とされ、精悍な顔付きになっている。籐笠の中から熱い目差しで見つめられ、溢れる思いで胸が一杯になり思うように話せない。

「元気だったの」

やっとひとこと尋ねると、幸吉は黙って頷き、辺りを窺いながら囁いた。

「市で産物を売っている。昼刻までいる」

おみよが小さく頷くと、幸吉は足早に去って行った。その後ろ姿を見送りながら、何かがおかしいと思った。何故幸吉は蓑笠《みのがさ》ではなく、引き回しを着ているのだろう。どこか遠くへ行く務めでもあるのだろうか。それとも、貝吹と思われないようにするために、引き回しを着ているのだろうか。おみよは、幸吉の後ろ姿に、胸騒ぎを感じてならなかった。

油屋の暖簾《のれん》を潜ると、主人の嘉兵衛と番頭が大福帳の紙を揃えていた。土間で新年の挨拶をすませて、奥の部屋まで通じている露地へ向かおうとしたおみよを、嘉兵衛が引きとめた。

「初は昨晩から熱を出して、臥せってあんす。折角、お出《で》ったのに、お申訳《もさ》げなござんす。うんでも、女房《おがた》が用っこあるようで……」

と言った。声を聞きつけたらしく、女房《にょうぼう》のおよしが帳場まで出てきた。

「顔っこだけでも、見てって呉《く》なんせ」

と言った。と土間から部屋に上がらせ、初が臥せっている奥の部屋に連れて行った。

初は額に濡れ手拭いをのせ、ぐっすり眠っている。およしが小盥《こだらい》の水で絞り直した手拭いを替えてやったが、目を覚まさなかった。

心配気に初の顔を覗いていたおよしが、おみよに顔を移し、済まなそうに言った。

「お申訳げねぇとも、八日町で羽子板を買ってきて呉ねべぇが……。本当は私が買ってくれば良いのであんすが……。暮れに店先で転んでしまって、膝っこ痛めあんして……」

と苦笑しながら膝をさすった。嘉兵衛から頼まれたことは聞いていた。と伝えると、およしは、銭を渡して、

「面倒《めんど》かけあんす。役者さんの描き絵板のがあったら、お願《ねげ》ぇしあんす……。昨夜《ゆうべ》、寝言で岩井半四郎とか言ってあんして……」

と女形の歌舞伎役者の名を上げながら、紫の風呂敷を手渡した。

店を出る時、帳場で嘉兵衛が手習いの礼金を差し出した。初の風邪で手習いができなかったからと断ると、何かと面倒をかけているから納めてくれと言って渡してくれた。嘉兵衛の厚意がうれしかった。

油町から京町へ出て、八日町へ向かった。初売りで賑わう八日の市は去年より客は少ないものの混み合っていた。出店を覗きながら、縁起物や飾り物を売る店に行くと、羽子板が並べられていた。お初の好きな半四郎の藤娘を選び銭を払った。羽子板を風呂敷に包んで幸吉

の出店を探した。五軒先の鍛冶屋の前の出店で幸吉が店番をしているのが見えた。急いで近づこうとしたら、武士らしい人が幸吉の前に立った。深編笠を被っている。羽織は着ているが、袴ははいていない。が、大小を差していた。

何か買うのかと思ったが、何も言わずに侍は、紫の包みを幸吉に差し出した。その包みを素早く受け取ると、幸吉は黙って頭を下げたまま顔を上げなかった。

後ろも振り返らずに、去っていく侍の姿に見覚えがあるような気がした。

(あの背恰好と歩き方……。お袖おばさんの家にお見えになるあの御方では……)

侍が去った後、幸吉が厳しい顔で辺りを窺っているように見える。おみよと目が会うと顔が綻《ほころ》び目で合図してくれた。

幸吉の店の前に屈むと、先刻までのことは何も見ていなかったように、

「油屋のお初ちゃんの羽子板を頼まれたの」

と微笑みながら紫の包みをみせた。幸吉は、何か言いたそうにしたが、黙って頷いた。先刻の侍のことが気になったが、おみよは、父の病に効く薬はないかと言った。

父の様子を聞きながら、幸吉は合切袋に手を伸ばし、中から薬草の根を渡してくれた。その薬草の根の煎じ方を教えると、おみよが礼を言う間もなく、幸吉は出店に並んでいる物産

を隣の出店の男に引き渡した。

後は頼むと言いながら、急ぐように店仕舞いをする幸吉に、

「私に用があったのでは……」

と言った。幸吉は何もないといったように、首を横に振って、

「顔を見れば、それで良がったのだ」

と言って立ち上り、振り分け荷物を肩から下した。不審に思いながら見つめているおみよに、幸吉は急《せ》くように囁いた。

「寄っていがねばならねぇ所がある。先に油屋さんさ戻ってて呉ねすか」

(やはり、何かがおかしい。先刻の風呂敷包みと関りのあることかしら)

幸吉の様子を不思議に思いながら、おみよは油屋へと向かって歩いて行った。八日町から大工町へ折れた。人気のない路地を歩いてきた時、横丁から出てきた男が、おみよの前に立ちはだかった。

「その包みを渡せ」

男は羽子板を包んだ包みを、もぎとろうとして飛びかかってきた。必死で抵抗すると、後ろに回って羽交締めにし、包みを抱えている両腕を振り解《ほど》こうとしている。

「誰か！」

大声で叫んだ。と、男の両腕がおみよの体から何者かによって剥《は》がされた。男は脇腹を押え呻き声をあげながら倒れた。

助けてくれたのは幸吉だった。よろよろと脇腹を押えながら、立ち上がり男は追いかけてくる。おみよは、幸吉と路地から路地へと走りぬけ、町家の黒い板塀の陰に身を潜めた。

男の走る足音が近づいてくる。幸吉は、板塀におみよを押しつけると、引き回しの中にすっぽりと抱き抱えた。二人は抱き合ったまま息を殺していた。男の足音が止まった。が、男は急に駆け出し遠くへ去って行った。

「済まねえ、お前《めえ》をまた、危ねぇ目にあわせてしまったな」

幸吉がおみよを抱きしめたまま囁いた。頭《かぶり》を振って、幸吉の胸に顔を埋めたおみよを、激しく掻き抱くと、幸吉はそのまま動かなかった。幸吉の胸の鼓動が早鐘を打つように、おみよの体に伝わってきた。その音を聞きながら、この男《ひと》はこんな危険な目に会いながら、貝吹の務めをしてるのだ。と胸が一杯になった。二人がそっと体を離した時、幸吉がおみよに言った。

「牛馬宿さ寄っていく。くれぐれも気をつけて行け」

駆け足で去っていく幸吉を見送ると、おみよは油屋へ急いだ。

四

帰りが遅いおみよを待ちかねて、およしが店先に出ていた。遅くなったと詫びながら、おみよは包みを渡した。

「顔色が良くねぇとも、何かあったのすか」

とおよしが顔を曇らせ、中に急ぎ入れた。

市から帰る途中で、ならず者のような男に襲われたが、後から来た幸吉に助けられたと言うと、傍らで聞いていた嘉兵衛の顔が青ざめている。

「その男、勘違ぇしたのだな。鎌首の重蔵の手下かも知れねぇ」

包みが狙われているとすれば、幸吉も狙われる。早く松庵に知らせねぇばならない。とおみよを連れて奥の部屋へ行った。

隣の部屋に初が臥せっているが、嘉兵衛は、周章ているのか、大声を立てた。

「開けあんすじぇ、松庵さん」

「ああ……今、書き終わりあんした」

中から松庵の声がした。襖を開けると文机の上に、巻文が広げてあった。嘉兵衛はおみよがならず者に襲われことを、急いで告げると、松庵が厳しい顔で言った。

「男は幸吉の包みを狙ってるのだな。だとすると、急がせねぇば……」

嘉兵衛が同意しながら言った。

「そうでごぁんす。早く出立してもらわねぇと……。今、盛岡さ来ている油絞り商の吉蔵《きちぞう》さんと一緒に幸吉つぁんが渡船できるようにと頼んでおきあんした。吉蔵さんが牛馬宿から来たらば、即刻、出立してもらいあんす」

気をもみながら幸吉の出立を話している二人の側で、幸吉が引き回しを着ていた分けが、やっと分かったような気がした。が、市で会った時に、ふと見せた幸吉の物言いたげな顔が浮んでおみよは不安でならない。

(深編笠の御侍から預かった包みは誰に渡すものなのだろう……。これから江戸へ行くという仲買さんとは何処まで同行するのだろう。新山河岸《しんざんがし》から小繰《おぐり》に乗った人は、黒沢尻河岸で下船する。それから艜船《ひらたぶね》に乗りかえて石巻へ行き、仲買さんのように江戸まで行く人は、石巻から弁財船に乗りかえて、大海原の波に揺られて行くのだが、幸吉さんの行先は何処なの

だろう……。下船先に知っている人がいるのだろうか）

おみよは幸吉の行先が皆目《かいもく》分からず、深い溜息をついた。

「道中、御無事だといいんだけど……」

松庵が真剣な目差しでおみよを見つめた。

「幸吉の今度の旅は難儀な旅になる。追手の目がどこさあるのか分からねぇがらな。密書を届けるというのは、命懸けの務めなのだ。したどもの……やすやすと命を落とすような幸吉ではねぇ。頭人のもとで、それ相応に鍛えられた立派な貝吹だ。万が一の時にはと……、懐さ匕首《あいくち》も忍ばせておる。義のために尽す者さは、神仏も必ずや味方をしてくれるはずだ」

祈りをこめるような松庵のことばに、おみよもただ祈るしかなかった。

牛馬宿に寄って、深編笠の侍から頼まれたという落書を預け、去る御方に届けるようにという巻文だけを携えて、幸吉が油屋に来たのは、それから、四半刻（三十分）後だった。

およしに案内されて、部屋に入って来た幸吉は、深編笠の侍から預かったという包みを開くと、巻文を松庵に差し出した。巻文のひもを解き、目を通した松庵が幸吉の目を見すえ力強く言った。

「花押《かおう》も押して下さった大事な文だぞ。探索方に奪われねぇようにな。くれぐれも気をつけて行くのだぞ」

松庵の目を真っ直ぐ見つめて頷くと、幸吉は受けとった巻文を桐油紙《とうゆし》に包んだ。丁重に扱いながら胴巻の中に入れて、角帯を体にきつく縛って巻いている幸吉の目を見て、おみよの胸は締めつけられそうだった。

(先刻、町家の板塀で見せた苦悩に満ちた顔と、束の間の激しさ……。この男はもう戻ってこられないと思っているのだわ)

身仕度を整え、幸吉が松庵の前に平伏して言った。

「必ず届けて参《めえ》りあんす。それでは、これにて出立させて頂きあんす」

「くれぐれも気をつけてな」

松庵と嘉兵衛が口を揃えるように言った。二人に辞儀をして決然と立ち上がった幸吉は、おみよを見つめると、

「元気で……」

と言った。ともすると、こぼれ落ちそうになる涙を堪え、おみよは言った。

「御無事で……、帰ってきて」

五

新山河岸から小繰に乗って幸吉が出立した六日後の一月十四日。今度は、鬼柳通り、黒沢尻通り、二子通り、万丁目通り、寺林通り等の百姓、五千余名が、黒沢尻町から伊達領に越訴した。去年の暮れから、二度にわたって藩に提出した願い状の回答は反故にされた。

藩を見限った百姓達は、鬼柳の藩境を越えて、相去《あいさり》番所に盛岡藩の苛政を訴えた。訴状の多くは、年貢や御用金の取り立てが厳しすぎることと、七福神札を通用禁止にしてほしいということが書かれてあった。が、その中に万丁目通りの千四名の百姓が、江戸表に願い出て、春にまく種もみの支給をして頂きたいが、その労を伊達藩に取りついでほしいという要請があった。それが叶わなければ南部領には帰らないというのである。

これを重く見た相去番所では、直ちに盛岡城へ早飛脚を送った。このことが江戸表に知れたら、藩の命運に関る重大事となりかねない。御城下から早馬で十数人の御目付衆が駆けつけ、とにかく幕府にだけは表沙汰にして下さるなと伊達藩にお願いし、相去に逃散した貝吹達には、願いの事は聞き入れ、頭人や責任者は処罰しないので、帰村するようにと派遣された役人達が、貝吹一人一人を回って歩き説得したのであった。

旅に出ていた幸吉が油屋に現れたのは、正月二十五日の昼刻だった。

やっと風邪が治ったお初に、手習い草紙を素読させていると、嘉兵衛が襖越しに声をかけた。

「幸吉つぁんが戻ってお出んしたよ。松庵さんも、そこで一緒になったそうで……。おみよさんも、こっちさ来てお入《へ》れんせ」

その声を聞いた途端、胸に熱いものが込み上げてきた。

文机の上に手習い草紙を広げていたお初が立っていき、襖を開けてくれた。

幸吉の変らない姿が目の前にあった。安否を気づかい眠れぬ夜を過ごしたことが、嘘のようだった。

幸吉が松庵と嘉兵衛の前に膝を進めた。

「御心配おかけしあんしたが、加賀野の殿様から認《したた》めて頂いた文は、相去番所の三上弘之進様を通して無事に、藩境奉行の伊達様にお届けすることができあんした」

と深々と頭を下げて礼を言った。

「大変だったべぇ、よおぐ無事で」

嘉兵衛が胸をなで下ろしながら、幸吉を労《ねぎら》った。

幸吉は、松庵と嘉兵衛の顔を代わる代わる見ながら言った。

「黒沢尻さ小繰が着くまで、吉蔵《きちぞう》さんには大した世話になりあんした。鬼柳さ着いてがらどうなるごとかと思いあんしたが、松庵さんのお知り合いだという肝煎《きもいり》の家《え》を訪ねて行ったところ、関所抜けまで手引きしてもらいあんした。本当に有り難うがんした。これも、松庵さんに文を書いて頂いたおかげだと思ってあんす」

と無事に密書を藩境奉行に届けられたのも二人の尽力によるものだと感謝していた。

おみよは幸吉が無事に務めを果たしたのだという気持が伝わってきて胸に迫るものを感じていた。が、幸吉の話に耳を傾けていた松庵が、幸吉の果たしてきたことを労うと、力なく言った。

「藩境奉行の伊達様に文を渡せだのは良がったのだ。あれには、南部の苛政に苦しめられている領民《たみ》のごとが書かれてあった。十四日に越訴《おっそ》した貝吹のことは、周知のことだべぇども、逃散《ちょうさん》したい領民が南部の国に数多くいると、切々とお書きになられていた。あの御方の国を思う御心だけは、伊達様も分かって下さったと思うのだ」

と言ってから、松庵は深い溜息をついた。

「したどもの、藩境奉行の伊達様とも相談の上で、百姓達の願いは聞き入れるとし、頭人も処罰しねぇなどと言って、貝吹を帰村させたのに、昨日、吟味が終わって南部に引き渡されたんだが、領内に入ってすぐ頭人が捕縛され盛岡まで連行されてきたど……」

嘉兵衛が声を荒らげた。

「牢屋さ入れて、何ちょにする気だべぇ」

松庵が憤懣やる方ないといった面持ちで話しはじめた。

「酷《ひで》え話でねぇが、己の利益ばかりを貪って困窮する領民への惻隠《そくいん》の情など微塵もねぇ。信義を忘れて約束を反故にし、領民を欺《あざむ》いて国元さ帰してがら、頭人を捕縛して牢屋さ入れるとは……。これが南部武士のすることが……。仙台の殿様との御約束も破ったことになるのだぞ。これでは表沙汰にして下さるな、と願ったところで、直《じき》に江戸表さ知れるべぇ。こんたな政《まつりごと》をしていたら、国の先行《さきゆき》は変《ひょんた》な事になるにちがいねぇ」

事態を憂えて語る松庵の前で、幸吉は下を向いたまま顔を上げない。膝に置いた握りこぶしは、口惜しさのためか、小刻みに震えている。おみよは幸吉の無念さを思うと、居た堪《たま》らなかった。嘉兵衛が心配気に松庵の顔を窺いながら言った。

「加賀野の御屋敷の殿様は、密書が無事に届けられたのは、知ってなさるので……」

「よおぐ知ってなさる。藩境奉行所に届けて下さった相去番所の三上様は、加賀野の殿様とは大坂にいた頃、同じ学問所の懐徳堂で学んだ仲だそうだ。幸吉から文を預かって、すぐに藩境奉行所の伊達様に届けた、と早飛脚が来たそうだ。頭人の捕縛も、昨夜のうちに……」

と話し終えると松庵は、何かを思案するかのように瞑目した。幸吉が堪えられないといったように口を開いた。

「森口半十郎殿は真《まこと》の武士だ、と、三上様が仰せになられあんした。あの御方はどうなさるので……」

「御家名《ごかめい》を明かしてはならねぇ」

松庵が目を見開いて叱責した。

「あの御方は、相当な御覚悟《おかくご》を召されておるようだ。加賀野の立派な御屋敷に居られるがの……。最早、隠居なされて御目見得《おめみえ》も叶わねくなったのだ。うんだが、この度のことでは、御心を痛めての……。何とか御忠言なさりてえと思っておるのだ。何か一撃を加えて果たすまでは、と覚悟を召されたようだ。いいかあの御方が事を成し遂げるまでは、御家名を明かしてはならねぇ」

松庵は厳しい顔付きで口を真一文字に結んだ。

（相当な覚悟とは、何をなさるおつもりなのだろう。まさか……）

八日の市で幸吉の前に立った時、森口半十郎が差していた大小を思い浮かべた。が、そんなことがあろうはずがない。とおみよはすぐに打ち消した。が、近いうちに城下を揺るがすような事が起きるのではないか、と思い胸が騒ぐのであった。

六

大家から触書が回ってきてから、辰吉の按配が思わしくなかった。が、今朝になって、少し按配が良いから、その辺をぶらついてくると出て行った父は、一刻《いっとき》（二時間）経っても帰って来ない。

先刻、父の湯呑みを洗おうとしたら、煎じ薬を飲み残していた。いつもならこんなことをするはずがない。と、思いながらおみよは昨夜、辰吉が覚悟を決めたように話してくれたことを思い出していた。辰吉は重蔵が訪ねて来たことに不安を感じているらしく、

「十人組の同心がな、手先を使って落書の作者を探してるそうだ。もし捕まれば必ずお前を

訪ねてくる。そうならねぇ前に、雲隠れしろ」

と有無を言わせずに言ったのだ。が、おみよは、病の父を置いて逃げる分けにはいかない。その時はお父つぁんも一緒でなければと言ったが、辰吉は返事をしなかった。

去年の暮れから、藩政を痛烈に批判した落書が、次々と筆写しされ、町人たちや武士たちにまで広まっていると聞いていた。おみよは、その落書に目を触れたことはなかった、が、作者は森口半十郎ではないかと思っていた。雲隠れしろ、と父に言われて、探索方が張った網を上げ始めたのだな、と不吉な予感がしていた。

昨夜、あんなことを言ったのに、父はどこに行ったのだと思って外を覗いたら、足音が聞こえた。が、父ではなく鎌首の重蔵だった。息をつめて見ているおみよには目もくれず、袖の部屋の前に立って戸を開けた。

「火事頭巾と半纏をどこさ隠した」

匕首《どす》の利いた野太い声に、おみよは震え上がった。

「いきなり入って来て、何の真似であんす」

凛とした袖の声が聞こえた。

「この家さ火消しの若衆《わげしゅう》が逃げこんだのは、分かってるんだ。お前が知らねぇ分けはねぇべ」

重蔵が家探しを始めたらしく、床板を外す音が聞こえ、おみよは居ても立ってもおられずに、紬の家の戸口に立った。

「誰だ。そこにいるのは、入れ」

重蔵が怒鳴った。一瞬、足が竦んだ。が、思いきって戸を開けた。思わず目を疑った。紬の着物が根太の下の長持ちからひきずり出され、床一面に散らばっていた。

「おばさん……」

と言ったきり、立ち尽くすおみよを、重蔵は睨みつけ、紬の肩を揺すった。

「隠すとためにならねぇ」

紬は腹をくくっているのか、落ち着き払っているように見える。

「無体なことをするのは、やめて呉なんせ。何ぼ責められても、分がらながんす」

紬の側に寄って手を握りしめた。が、紬は脅しに負けまいとするかのように
「おみよちゃん、何も悪いことしてねぇがら心配しねぇで」

と言った。紬の肩を揺するのをやめた重蔵が今度は、紬の顔をじろじろと眺めた。

「お前、目が見えねぇと抜かすが、見えてるのだべぇ。湯屋の落首も声を出して読んでたそうだな」

疑われたのは心外だ、と言わんばかりに袖は語気を強めた。

「湯屋の客から読んでもらって、私が一遍で誦《そらん》じたのを見た人が、あの女は文字《もんじ》も見えるのかも知れねぇと語った人がいたそうだが、その人は目の見ぇねぇ人のごと、分かってねぇのす。私などは、人様から聞いたごとは、一遍で覚える癖が出来でるのす。それが出来ねば八卦置で身を立てれねがんす」

重蔵が袖の顔を冷たく見つめた。その目が易台の算木《さんぎ》に移り、手を伸ばそうとした。

「商売道具さ手をかけねで呉なんせ」

と、声を荒らげた袖は算木を摑みながら、占いを始めた。

「お手先さん。私の算木は、八卦八象《はっけはっしょう》、陽と陰も全部彫ってあんす。目は見えねぇども、指でなぞれば、お前《めえ》さんのことは、よおく見えあんす」

不意をつかれたのか、重蔵は押し黙《だま》って袖の目と手の動きを凝視していた。

「離《り》……午《うま》（南）の方角、と卦が出てあんすな。見料は頂かねがら、後は考えて下んせ」

袖の仕草を見つめていた重蔵は、袖は見えていないのだと感じたようだったが
「八卦見など頼んでいねぇ」

と席を蹴るようにして出て行った。

二人の緊迫したやりとりに胸が潰れそうだったが、胸に抑えていたものが一気に溢れ、泣き出しそうになった。

「私が、此処に逃げて来たために……。こんな酷い目にあわせてしまって……」

声を震わせているおみよを、袖は宥めるように言った。

「鎌首の重蔵といっても、十人組同心の手下でねぇの。朝に来た客の話だと、呉服町《ごふくっちょ》の辻の札さ、七福神札は通用禁止と書かれてたそうだ。役人だって、手先さ払う銭っこも両替できねくて困ってるべぇ。先刻の重蔵の卦《け》が離《り》と出たが、離は離れる。別れるということす。重蔵だって、銭のねぇ役人からは離れていくべぇ」

袖の気持ちは有り難かったが、自分がやった振る舞いが、こんな結果を引き起こしたのだと思うと心が痛んだ。

袖と二人で部屋を片付けていると、松庵が周章《あわ》てるように入ってきた。部屋の様子をみて、一目で分かったらしく、重蔵に何を尋ねられたのかと袖に訊いた。半纏と火事頭巾のことを尋ねられたが、分からないと言って押し通した。と、気丈に振る舞う袖の様子をみて松庵は、落ち着きを取り戻しながら言った。

「先刻、四ツ家の検断さんから聞かされた話だが、今日、御会所場《おかいしょば》（裁判所）で『奇妙騒動《きみょうそうどう》飲《いん》』という落書を持ち歩いていた廉《かど》で、三名の武士と町方の者三名が、吟味を受けた後に、御沙汰《ごさた》があったそうだ」

といって、厳しい表情をしている。

「加賀野の殿様は大丈夫であんすべぇが？」

顔を曇らせながら袖が尋ねた。

「今のところは聞いてねぇが、探索方は手を緩めてねぇそうだ」

と言っておみよの目を真っ直ぐに見た。

「おみよ坊……逃げて呉ろ。いずれ、重蔵が探索方を連れてここさ来る。今、十人組は、お上を誹謗中傷《ひぼうちゅうしょう》する者は、必ず召し捕れと命令され、躍起となっておる。探索方が此処さ来るのは、刻《とき》の問題だ。急がねばならねぇぞ」

おみよは頭が真っ白になった。今、あるささやかな倖せが足元から崩れていくのを感じていた。ここにある暮しを捨てて、すぐに旅立てというのか。辰吉が昨夜、話していたことが現実になった今、おみよは自分を追いつめている恐しい力に抗《あらが》いきれないことを感じていた。ぼんやりと立ち尽すおみよに、松庵が勇気づけるように言った。

「おみよ坊、おめえ一人で苦しむことはねぇのだぞ。逃げるということは、後ろ向きのことではねぇ。前さ進むことなのだ。今、此処でおめぇが捕まれば、おめぇの命は勿論のこと、惣門破りさ加担《かた》った人も、みんな咎めを受けることになる。己一人の命ではねぇ。落書を持って歩いていた御侍に、御沙汰があるような世の中では、いつ、加賀野の殿様だとて、探索方に連行されるか、分からねぇ。おみよ坊……一時、身を隠して、ほとぼりのさめるまで、待ってて呉ろ。生きておればこそだぞ。生きておればこそ、何事も成す事が出来るのだぞ」

おみよは逃亡の決断をさせようとしている松庵の前で別れの辛さに涙を押えることが出来ずに立ち尽していた。

偽の火事装束を縫ったという縫物師《ぬいものし》を、重蔵が突きとめたらしい。と辰吉が周章てて帰ってきたのは寅の刻（午後四時）だった。

涙ぐんで出迎えたおみよの様子に、すべてを察したらしく辰吉は、

「梅若さんとなら安心だな」

と言って、北山の菩提寺から貰ってきた、伊勢参りの往来手形を渡すと、

「鹿角で小屋掛けがあるから、明日、立つそうだ。すぐ仕度をしろ」

と言って旅支度させ、松庵と袖に別れの挨拶をさせに連れて行った。突然の別れに袖はう

ろたえながら涙ぐんでいたが、松庵に仔細を聞いたらしく、生姜町へと急き立てた。長屋の人達と別れを惜しむ間もなく芝居小屋へと急いだ。

芝居小屋へ着くと、小屋の持ち主が出てきて、梅若太夫一座の芸人達が泊まっている木賃宿に案内してくれた。辰吉はおみよを梅若太夫に預けると、体に気をつけるのだぞ、と言って帰って行った。その後ろ姿が痩せ衰えて見え、父と旅するのは無理だったのだという思いが溢れた。宿の泊まり部屋は雑魚寝《ざこね》で芸人達と同じ夜具にくるまって寝た。夜具に入ってからも、父の後ろ姿を思い出し、眠れぬ夜を過ごしたのだった。

翌日、まだ夜も明けきらぬうちに、おみよは旅一座と出立した。見送る人もない城下の町を心細い気持ちで眺めながら通り抜け、夕顔瀬番所に着いた。旅芸人は往来手形を見せずとも、芸を見せれば通らせてくれる。番所の役人には、三味線に合わせ、よしゃれ節を唄って披露し、無事通り抜けた。鹿角街道へ入ると、さみしさが募り父の顔が浮かんだ。

（お父つぁんは、この日が来ることを知っていたんだ。あの町家の屋根に上った時から……）

そう思うと、胸が詰まった。

俯《うつむ》き加減に歩くおみよに、隣にいた梅若が声をかけてくれた。

「ほら……、あそこにいる男……。あんたを待ってたんじゃないの」

梅若が指差す前方の木の根方に、黒い引き回しの男が立っていた。一瞬、夢ではないかと思ったが、幸吉だった。

幸吉が駆け寄ってきた。

「森口半十郎殿が、一緒に行けと……」

おみよは黙って頷き、幸吉を見つめた。決意に満ちたその目の強さに城下で何かが起きたのだと分かった。もう戻れない。

(逃げるのだ。前に進むために逃げるのだ)

松庵の声が聞こえたような気がした。

奇妙騒動飲　本家調合所　花栄堂　志角斎
そもそも病の発《おこ》りは、奢《おご》りに長じ、佳肴《かき》を集め好色を専らとして、政事を思わず故に佞人《ねい》は、その空《くう》に乗じて取込め、上《うえ》一人を喜ばしめて、下の金銀を取り上げるを以て勤めとす。銭札を通用して金銀を減らす。諸色高値に成る。国民これが為め、大いに苦しみ、他国より金を借りて返さず。国の外聞を弘め、或は諸士の身帯《しんたい》を借り上げ、用金を度々云い付け、催促を下して在町《ざいまち》を潰し、変症に至っては五穀実らず。非人、物貰い、屍《しかばね》を道路に曝《さら》すと雖《いえど》も、救う事能《あた》わず、終《つい》に国中存命不定となる。依って此の騒動飲を用い、負け惜しみを止め、佞人を除き療治する時は誹謗を免れて威光も出来、不法を補い、国益になり本復して尊敬さす事疑いなし。依って功能左に証す。

(天保七年の落書、読み下し文)

逃亡の町で

一

天保八（一八三七）年二月十九日未明。

大坂淀川縁《べ》りの八軒家《はちけんや》の船着場をめざして、下りの三十石船がすべるように進んでいた。船べりにもたれて眠っていたおみよは、不意に冷たい川風に吹きつけられて、目を覚ました。衿元をかきあわせると、舳先《へさき》の方を見つめた。

行く手の方から鉦《かね》の音が聞こえてきた。耳を澄ますと、勧進僧《かんじんそう》が叩く鉦の音のようである。おみよは隣で眠っている幸吉の耳元に、小声で言った。

「もうじき八軒家よ」

声に弾《はじ》かれたように幸吉が目を覚ました。

「大坂さ着いたか」

「ええ、この辺りは岸和田よ。向こうを右に折れて天満橋《てんまばし》を潜《くぐ》れば、もうすぐ……」

幸吉の顔が舳先の方へ向かった。引き締まったその横顔から、これから足を踏み入れる大坂の地がどんな土地柄であろうと、そこで生きていくのだという決意のようなものが見え、おみよの胸は熱い思いで一杯になっていった。

淀川から天満《てんま》を眺めると、町は黒々としていて、はっきりとした姿を現さず、まだ眠りから覚めないように見える。あの町のどこかに両親と参詣した天満宮がある。七年前の夏に、おみよたちの旅一座が巡業で立ち寄った時、町は天満祭で賑わっていた。興行を終えた出立の朝、母は娘の身に危難が降りかからないようにと、熱心に祈ってくれた。祈り続ける母の横顔が観音様のように見えたのを、おみよは今でも忘れない。

あれから一年後の秋、母は巡業先の山形で流行病《はやりやまい》に冒されて亡くなってしまった。父の辰吉は、もう旅暮しはやめて故郷へ帰ろうといい、おみよを連れて、盛岡へ帰ったのだった。

あの天満宮での母の祈りが天に通じたのだと思うと、おみよは掌を合わせずにはいられなかった。

(天神様、私達を危難から救って下さって、有り難うございました。盛岡に残してきたお父つぁんや、追手《おって》をかけられた私たちに力を貸して下さった松庵師匠や、八卦置《はっけおき》のお袖おばさんにも、決して危難が降りかからないように御守り下さい)

祈りを終え、無言で天満を見つめていたおみよの背中に、幸吉が腕を回わして抱き寄せてくれた。その腕のぬくもりを感じながら、遠く離れた盛岡の地へ思いを馳せていた。

陸奥の盛岡を、探索方の目から逃れて脱出したのは、一月下旬、おみよの罪状は惣門破りの手引き。本来なら手引きをするのは、幸吉の役目だった。盛岡近郷の百姓家に生まれた幸吉は、貝吹《かいふき》（百姓一揆）の頭人《とうにん》の手足となって動いている若者であった。

去年の十一月、幸吉が与《くみ》した城下の南方の貝吹は、願い状を携えて、盛岡城の濠に架かる中の橋まで押し詰めたのだった。だが、幸吉は、一揆の決行を数日後に控えた夜に、惣門の警衛を偵察に来て捕方に追われた。逃亡の途中で足を挫き、逃げ切れずにおみよの住む鍛治町の裏長屋に来て隠れたのである。父の辰吉は、自分の命を救ってくれた人の息子だと知って、貝吹に支援をしている隣の松庵師匠と一緒に幸吉を匿ったのだった。

辰吉は、おみよが母の腹の中にいた時、盗みの濡れ衣を着せられ、銅山送りをされたことがあったが、抗内の落盤事故に遭い、その時、救ってくれたのが、掘大工で入坑していた幸吉の父親であった。その恩に報いるために、辰吉は幸吉を匿い、足の怪我で歩けなくなった幸吉の代わりに、幸吉の村まで惣門の警衛の様子を知らせに走ってくれたのである。

幸吉の足の状態では、惣門近くの町家の屋根に上って、惣門破りの手引きをすることはできない。思い余った末、手習い師匠の松庵が、昔、軽業をしていたおみよなら、失敗もしないだろうと、屋根に上らせたのである。

惣門破りは成功し、頭人は家老に願い状を渡すことが出来た。が、藩は回答の約束を反故にしたのである。領内の一揆は続発し、城下には貝吹が連日のように押し寄せていたのだった。

藩士の中には陰ながら、貝吹に支援する人達もあった。その中の一人が、元勘定方の役人の森口半十郎であった。半十郎は苛政《かせい》を見かねて藩の重役達を諫《いさ》めたため、隠居させられていた。隠居の身分になっても、支援の手は緩めず、一揆を支援する松庵と手を組んでいたのだった。

半十郎がおみよ達の住む長屋に出入りしているのを聞きつけた十人組同心の手先は、惣門破りを計画したのは半十郎だと睨んでいたようである。その上、おみよが屋根に上った時に着ていた偽の火事装束を縫いあげた者を探し当て、鍛治町裏の長屋の者が誰かに頼まれたと言って注文しに来たということまで聞き出したのである。

おみよに追手が迫っていると知った父は、生姜町で小屋掛けをしている昔馴染《なじ》みの梅若太夫一座が、鹿角へ回ることを知っていて、もぐりこませてもらったのである。このことを松庵から知らされた半十郎が、幸吉を呼んで、おみよと大坂へ逃げろと、路銀を用意してくれたのである。

大坂へ着いたら島之内《しまのうち》の油町で油絞り商をしている吉蔵《きちぞう》を頼って行けと言ってくれたのは、松庵達と貝吹を支援している油商人の嘉兵衛であった。その人達に後押しされるようにして、二人は城下を脱出した。旅一座とは鹿角街道で別れ、間道を抜けて黒沢尻河岸まで行った。川船で石巻《いしのまき》まで渡り、そこからは油屋嘉兵衛の知己を頼って弁財船に乗せてもらい、鳥羽伏見の港まで来た。当てにならない船の旅も、二月になって海上が穏やかだったため、驚くほど早く着いた。真っ直ぐに大坂港に行かなかったのは、京都の伏見稲荷大社に玉串を奉納するようにと、油屋嘉兵衛に頼まれたからだった。無事に奉納を終えて伏見の船着場から三十石船に乗る時は、行く手にある大坂の町がどのように変わっているのか心配であった。が、幸吉の決意に満ちた横顔を見て、この先、どんなことが起きたとしても、二人で生きていくのだと、おみよは胸に言い聞かせるのであった。

空が次第に明るくなって、八軒家の船着場が見えてきた。客引き女達が船着場の石段まで下りてきて、船の方をのぞいている。わらじ売りは売り声をあげ、勧進僧が鉦を叩きながら歩いている。八軒家の船着場界隈は、七年前と同じように賑わっていた。船客がみな荷物を抱えて下り、足を伸ばして休める船宿を探して消えて行った。

石段に佇み、対岸の天満に目をやると、先刻まで黒々としていた町は、はっきりと姿を現し、向こうの青物市場に働いている人達なのか、人影が小さく動いているのが見えた。

「向こうが天満なのか……。落ち着いたら寄ってみるべぇ」

幸吉が往来に目を移して促した。幸吉に寄り添って歩き始めた時、後ろから声をかけた者がいる。

「お客はん、あんたらは奥州から来はったのか」

人の好さそうな目でおみよを見つめたのは三十石船の老水夫《かこ》だった。

「ええ……」

「御伊勢《おいせ》さんにだすか」

老水夫は幸吉の方を見つめて微笑んだ。

「いや、島之内《しまのうち》で油絞り商いをしている人を訪ねて来あんした」

「どこの店や」

「吉蔵さんでがんす」

老水夫の目が輝いた。

「種油絞りの吉蔵はんのことか。よお、知っとりますで……そこの船宿でひと休みしはったら、わいの船で送ってあげまっせ。五ツ（朝八時）になったら、迎えに上がるから待ってなはれ」

幸吉が道順を教えて貰うだけで良い、と断ると自分もその店で稼いでいる男に会いに行くついでだから、船賃はいらないと言う。八軒家に着いた途端、道案内が出来たと安堵していると、今度は宿賃の安い船宿を紹介するといって、一番奥の目立たない船宿に連れて行った。

侘助《わびすけ》船宿と紺地に白抜きで染めた暖簾が頼りな気に揺れている。が、油障子には猪牙《ちょき》、屋形船と書いて船も貸すらしい。中に入ると五十に手の届きそうな恰幅《かっぷく》の良い女将が、おみよと幸吉を一瞥《いちべつ》し、老水夫に言った。

「伍助はん、又、若いお客はんを連れはったんだすか……いつもの部屋しか空いとりまへんえ」

女将の声がつっけんどんに聞こえた。伍助と呼ばれた老水夫は、腰を低くして女将に頭を下げた。

「ほな……、ええのやな」

と、言ってからおみよに小声で言った。

「板場で冷える部屋やから、二十文でええのやて」

幸吉が女将に宿賃を渡すと、女将は歩合だといって伍助に十文渡している。伍助は幸吉に頭を下げると、必ず迎えに来るといい、船宿を出て行った。

宿の女中が案内した部屋は、階段の突き当たりにある布団部屋だった。が、布団は他の客が使っているらしく一組もない。床に座ると破れ穴から風が入ってきた。幸吉はその破れ穴に背中を押しあてて塞ぐと、

「船っこでも、布団を借りれねぇくて、寒がったべぇ」

とおみよを膝の上にすっぽりと抱きかかえ、引き回しで二人の体を包んだ。引き戸の外の廊下を宿の使用人らしき人が歩いているのが気になった。が、そのうちおみよは、幸吉に体を預けたまま泥のように眠りこんだ。

二

けたたましく飛び交う男女の声で、二人は同時にはね起きた。引き戸を開けると、客たちは大川が見える部屋に集り、出窓の障子をあけ、対岸を見て騒いでいる。

「先刻まであそこやったのに、ほれ、あそこにも煙が上がった」

天満の町が突然の火事に見舞われ、飛び火したように煙が上がっている。二階に駆け上がってきた宿の亭主だという小柄な男が、

「天満の洗心洞から火の手が上がって、そちこちが燃えとるようだす。大川を挟んどるから大丈夫やと思いますが……」

と言ってきかせるが、誰も信じる者はおらず、客たちは逃げ仕度を始め、階段を駆け下りて行った。

「逃げるんだ」

幸吉がおみよの手を摑んで階段を駆け下りた。急いでわらじがけをしていると、伍助が走ってきた。

「大坂に着いた日に遭うなんてな。それでも島之内は天満から遠《とお》なります。はよう、逃げなはれ」

船着場に着くと大川は、屋形船に家財道具を積んでいる人や、猪牙に身の回りの物を載せて逃げ出す人々で混雑していた。伍助は猪牙の艫綱《ともづな》を解き、二人を急《せか》せて乗せた。八軒家の往来は、大きな風呂敷包みを背負い、悲鳴を上げながら走り出す人々、突然の大火に見舞わ

れて、家財も捨てて子どもたちだけを連れて逃げて行く人々で、右往左往している。天満の空に黒煙が広がり、その下から凄じい轟音が聞こえてくる。

「あの爆発のような音は」

耳を塞ぎたくなるような恐ろしい音に怯えながらおみよは伍助に訊いた。

「大筒《おおづつ》を打ちこんだのだっしゃろな。洗心洞の先生は、御弟子はんと作らはった玉薬《たまぐすり》を使いはったのやろ……。息子はんの役宅では幕府の弾薬の管理しはっておますからな」

「火薬を……」

恐しさのあまりおみよは次のことばを失った。

「玉薬だの大筒だのって、これは誰が仕掛けた戦《いくさ》なのすか」

幸吉が呆気にとられたような顔をして、伍助に訊いた。伍助は困惑気に言った。

「戦かと聞かれたかて、わいには分からしまへん。大筒を打ちこんだのは、真面目で立派な先生や。学問所のある御自宅と、息子はんの役宅にも火を付けはってから、次々と奉行所の御役人の屋敷にも、大筒、小筒を打ちこんだと天満から走ってきて、教えてくれた者がおるのや。わいも、こないな大事《おおごと》になるとは思うとらんかったのやが……。とにかく真面目で立派な先生なのやから」

おみよには伍助という老水夫が何を考えているのか分らなかった。

これほどの災禍を招いている洗心洞の先生という人を、一切非難することなく、立派な先生やというだけである。どんな理由があったにせよ、町に大筒を打ち火を放つなど考えられないことである。

焼け出されて路頭に迷うのはいつも庶民なのである。なぜこのようなことをするのかと聞き質したかった。

「大筒を打ちこんで、こんな恐し目に遭わせるなんて」

咎めるようなおみよの口振りに、伍助はその人を庇うように言った。

「先生はな……、わいらのように貧しい者《もん》の味方や。ここのところ飢渇が続いておましたやろ。せやからな、救民と書いた四半《しはん》の旗と天照大神様やら、八幡大菩薩さんの旗を仰山《ぎょうさん》たてて、御弟子はんらと隊伍を組んで侵攻してるそうや」

と見てきた者から聞いた話だがと、興奮気味に話している。伍助が話す洗心洞の先生とは何者なのかと幸吉が訊いた。

「大塩中斎（平八郎）先生というてな……、元は東町奉行所の与力を務めはっておられたのや。曲がったことが大嫌いで、真っ直ぐなお人柄やと洗心洞に出入りしている御店者《おたなもん》たちからも聞いとります。与力の御役は息子はんに譲らはって、今は学問所でお弟子はんに教えとるそうだす」

先刻の興奮は消え、伍助は真顔になった。

「実はな……。洗心洞の先生が救民という旗印をあげたのはな……、大坂の町の者が米を喰えんからなのや……。ここのところ市場には米は出とらん。施米《せまい》をやらなあかん者にも出とらんのだす。たしかに飢渇が続いとるのは分かっておったが、そればかりではないようや。どこぞに回したり隠しているということも聞こえてましたのや。先生はな……、そのことでも随分と怒らはって、御奉行様にお願いしてたようだす」

幸吉は伍助の話に引きこまれたように耳を傾けている。伍助が水棹《みさお》の手を止めて、天満の空に広がっている黒煙を見上げた。

「これはな、十日前に先生の御屋敷を訪ねた者から聞いた話や……。大塩家に行ったら奥方が見えん。息子はんの屋敷にも、奥方や子どもはん、女中までも見えなかったそうや。どうやら離縁しはったのではないかと、言うて近いうちに事が起きるのではと思ったそうなのや」

と言うと大塩家では学問所の蔵書のすべてを売り払い、屋敷の中はがらんどうだったそうだ。町の者が書林（書店）に奉公している者から訊くと、蔵書を売った金は飢渇で　困っている人に与えると大塩中斎が言っていたと教えてくれたそうである。

伍助は、大塩中斎が決起するのでは、と町の人々が予感していたらしいと、言うのだった。飢渇で庶民が苦しみ、施米すら行き渡らないということは、町には貧民が溢れて、飢死者も出てるだろう。その事に対処しようとしない町奉行に怒り、叛乱を起こしたらしいというのだが、だからといって、大筒を打ち放して災禍の町にするとは、あまりにも無謀である。伍助の話に耳を傾けていた幸吉が、流れて行く川面を見つめながら呟《つぶや》いた。

「施米が行き渡らねぇとはな……。諸国の米の獲れ高が少ねぇってごとも聞いてだ。したども、大坂は天下の台所だべぇ。蔵屋敷を通さねぇ納屋米《なやまい》だって三割方はあるというでねぇが……。それが行き渡らねぇってごどは……、蔵元を中心にみんなして隠してるのでねぇが」

幸吉の話すことを聞きながら、おみよは町の人々のことを考えていた。施米になるはずの米まで隠していると知ったら、米を買い占めている蔵米《くらまい》問屋や、米店に怒りが向かうことであろう。元与力の学者は、そのことを糾弾するために救民の旗印をあげて叛乱を起こしたのであろうか、が、そのことを解決しようとしない町奉行を責めるのは分かるにしろ、奉行所の元同僚たちの屋敷にまで大筒を打ちこんだというのは何故なのだろう。その同僚たちも蔵米問屋と結託していたのだろうか……。だとしても災禍に巻きこまれ、路頭に迷うのは町の人々である。大塩中斎という学者の怒りは理解できても、戦いのやり方には賛成することができなかった。

幸吉は天満に広がる黒煙を心配気に見ている。

「大筒を打ちこむとはな、酷《ひで》ぇ有様でねぇか。やっぱりその先生は天下さ戦をしかけたのだな」

伍助が異を唱えるように言った。

「ほんでもな、先生の味方をするというて、守口《もりぐち》や門真《かどま》のお百姓はんが、明け方に先生のところに集ったそうや。日銭稼ぎに来るわいらのような者も、仰山駆けつけたそうや。戦ではのうて、一揆と違いますか」

幸吉は頷いたが、直に首を振った。

「俺《おら》ぁ達の国の貝吹《かいふき》は、大筒など使わねがんす。鎌だの鍬《くわ》だのばかりで、百姓が使うものばかりでがんす。物は壊すども、火を付けたり罪のねぇ人さまで危害を加えねぇがんす」

幸吉の心を察したのか、伍助は黙って頷くと、棹使いを急がせた。

船は天神橋を潜り、左へ折れて東横堀川という運河に入った。川幅が狭くなり、荷を乗せて逃げ出す船や、罹災者を助けにくる船とぶつかりそうになりながら、日本橋《にっぽんばし》をめざして進んでいるようだった。黙りこんでいた幸吉が心配気に口を開いた。

「こんたな時に、吉蔵《きちぞう》さんを訪ねても良いものだべぇが」

おみよもそのことが気懸かりだった。吉蔵は盛岡の油屋嘉兵衛と、長年にわたって信用取引をしている油絞り商人だという。その吉蔵には、幸吉も世話になっており、頼りがいのある人だというのである。が、こんな非常時に奥州から来た若者たちの身過《みす》ぎまで考えてくれる余裕があるのだろうか……。伍助の話では吉蔵の女房の実家も天神橋筋にあるという。この有様では、その人たちも避難して来るであろう。いくら考えても、時機が悪すぎる。顔出しだけでもと思ったが、それすらも迷惑に思えるのであった。船の中で思案に暮れている二人に、伍助が話してくれた。

「差し出がましいようだすがな。吉蔵はんのお店に行ったら、ひとまずは明日からのことを相談しはったら」

幸吉が首を横に振った。

「こんたな時に、相談事などできねがんす」

幸吉の応えに伍助は何か勘違いをしてるのではと思ったらしく、口を挟んだ。

「相談とはな……。あんたらのことだけではないのや。町がこないな目に遭ってしもうて、どれだけの人が困らはるやろ。これから後のことは、どないなことになるのやら見当もつきまへんが、みんなの手が仰山ほしくなると思いまっせ。吉蔵はんのお店かて、商《あきな》いどころではあらへんやろ。御内儀はんの実家かて古着の商いをしてはるそうやから、燃えてしもうたら、後始末もあるやろし、兎に角お店に行ったら、手伝うてあげなはれ」

と二人に言い含めるように話した。

もっともなことだと思いながら聞いていたが、天神橋筋が燃えるかもしれないという伍助の話に不安が走った。

「御内儀さんの御両親は……大丈夫かしら」

幸吉が艫《とも》（船尾）の向こうを見つめ、深刻気な顔をしている。伍助か淀川の方へ顔を向けた。

「天満で商いをしとる人は船を持ってるから、もう乗らはったやろ。せやけどな……、天神橋はもうすぐアカンやろ」

先刻ぶつかりそうになった大型の船には、鳶《とび》の者が数人乗っていたが、恐らく大塩軍が淀川の南岸に進攻してくるのを防ぐため、橋桁《はしげた》を壊した奉行所から送られた人たちのようだと、伍助は言っている。

「大川を越えてくるというの」

怯えたように訊いたおみよに、伍助の顔は曇っていた。

「船場には大塩先生が大筒をぶちこみたい大商人がおまっしゃろ。せやけどな……その前に橋桁こわされたら、町の者が……」

気落ちしたように言う伍助に、幸吉が詰め寄った。

「船っこ持ってねぇ人らは、どうやって逃げるのす」

伍助の顔が歪んだ。

「東は大川やし、西へ逃げるしかあらへん。難波橋《なにわばし》もあるやけど、間に合《お》うてくれればええのやが……」

と言ったきり口を開かなかった。伍助の歪んだ顔に、災禍に会った人々を思いやる心根が見え、おみよは、船に乗ってから気に懸かっていた伍助の家族のことを訊いた。

「伍助さんの御家族は」

棹使いはしっかりしているが、伍助の目が一瞬、遠くを見るような目になった。が、おみよの方に顔を向けると、

「わいには身寄りはあらへん。せやけどな、たった一人やけど、わいが面倒見とる子がおますねん。十五になったばかりやが、吉蔵はんのお店で稼いどります。一途なところがあるの

でな……。今日はどうでも、あの子に会いに行かな」

と途中まで言って、口を噤《つぐ》んだ。おみよには、伍助が何か心配ごとを抱えているように思えてならない。ひょっとすると、大塩軍に関りのあることなのだろうか、と胸を過《よぎ》ったが、伍助は大塩先生は立派な先生だというばかりである。伍助が面倒を見ている子を心配するその顔は、何か切迫したものを感じさせ胸騒ぎするのだった。

船は平野橋を潜り、思案橋近くの横堀川を進んでいた。幸吉は船場へ襲撃するかもしれないと伍助が言ったことを心配しているようで、

「船場さ来て大筒打ちこんだら、打撃を受ける大商人もいるべぇども、町で稼いでいる人たちは、もっと困りあんすべぇ。火が回って住むどころもねぇぐなったら、奉行所は何じょにかしてくれるのすか」

伍助は幸吉の問いに頷きながら寂し気な顔をした。

「船場はな、大商人もおますけど、殆どの人が、施米を受け取る者なのや……。この寒空に食えるものも食えんで焼け出されたら、死んでしまう者もおるやろな」

洗心洞の先生はわいらのような貧しい者の味方やと胸を張って話していた伍助だが、刻々と広がっていく災禍に心を痛めているようである。この大火で家屋を失い、逃げ切れずに負

傷したり、煙に巻かれて亡くなる人もあるかもしれない。そう思うと胸が潰れそうだった。

幸吉がおみよを見つめながら静かに言った。

「俺あ、今、この船っこさ乗ってるのも不思議な気がする、こんたな時に話すのも、変《ひょんた》などだが……、大坂で戦が起きるとは、森口半十郎様にも想いもよらねぇぇごどだったべぇな。したども、天下の情勢を見聞して来いと仰せになられたのだ。この先、何じょなごとになるか分からねども、ここで生きていくしかねぇのだな」

幸吉の表情に微かな翳りが見えたような気がして、おみよは不安になった。が、その気持ちを払いのけるように言った。

「大坂に着いてすぐ、大火事に遭うなんて思いも寄らなかったわね。でも、私たち伍助さんのおかげて命拾いが出来たのよ。どんなことが起きたとしても、前を向いて生き抜いていくのよ。今日は大火事にあったけど、明日まで続くとは限らないわ」

幸吉がおみよのことばに励まされたように言った。

「うんだな。石さかじりついても生きぬいでいくべぇ。伍助さん有り難うがんす」

幸吉の真っ直ぐな言葉に伍助は、ただ静かに笑っていた。

三

日本橋の船着場で下りると、吉蔵の店に急いだ。川筋の宗衛門《そえもん》町を横切ると、真っ直ぐに油屋や油絞り商が立ち並ぶ往来が見えた。吉蔵の店は油町に入って三軒目の店だった。伍助が店の暖簾を潜ると、五十がらみの紺の仕事着を着た男が顔を出した。伍助が憂え顔で話しかけた。

「番頭はん、東吉に会いに来たのやが」

「おや、伍助はん。東吉なら旦那はんたちを乗せて、天神橋筋に迎えに行ったで……」

伍助は安堵したような顔をすると、おみよたちを奥州から吉蔵を訪ねてきた人たちだ、と番頭に紹介した。番頭は訝し気に二人を見たが、不意に何かを思い出したように膝を叩いて、言った。

「そうや、一昨日《おとつい》やったかな……旦那はんが盛岡の嘉兵衛はんから便りが届いたと言うとりました」

幸吉が、その嘉兵衛さんに吉蔵さんの店を訪ねて行けと言われて来たが、こんな時に訪ね

て迷惑をかけると詫びている。番頭は主人に何かを言われていたのか、

「嘉兵衛はんのお知り合いなら、旦那はんのお客や……。帰ってくるまで上がって待ってなはれ」

と伍助にも顔を向けて部屋に上がらせてくれた。


吉蔵が義父母を船に乗せて帰って来たのは巳の刻（午前十時頃）だった。吉蔵に手を引かれ入ってきた老夫婦は、天神橋筋に火の手が回らなければよいが、と狼狽《うろた》えている。吉蔵はそうなってからでは間に合わないのだ。兎も角、何よりも大切なのは命なのだから、と義父母を宥めながら離れの部屋に連れて行った。

吉蔵たちを船に乗せてきた東吉が、おみよたちのいる部屋に顔を出した。一途な目をしていて、どこか寂し気に見える。伍助の前で膝を正した東吉は、小声で話しかける伍助に頷《うなず》きながら聞いている。話の中味はよく聞こえなかったが、時々、大塩先生という伍助の声が聞こえ、おみよの胸は騒いだ。

帰り際、伍助は懐《ふところ》から銭袋を出して東吉に渡した。

「お前のすることは、お母《かん》に滋養《じよう》のつくものを食べさせて、元気にすることなのやで」

伍助の言葉に東吉は、何も言わずに頭を下げ、銭袋を大切そうに受け取ると、伍助の後ろ姿を見送っていた。

半刻ほどして吉蔵がおみよたちが休んでいる部屋に顔を出した。

「嘉兵衛はんから飛脚便が届いてました。事情は、良《よ》お分りました」

と温かみのある声で話す吉蔵に、幸吉は深々と頭を下げた。

「こんたな大事が起きるとも知らねぇで、急ぎ旅で来てしまい、お申訳《もさげ》ながんす」

吉蔵は、そんなことはないのだ、と首を振った。

「私《わて》はな、こないな事が起きるかも知れないと思うたのだすがな……。嘉兵衛はんには、もう返事を送りましたのや。こんな所でも良《え》えのなら、逗留しなはれ」

と二人を代わる代わる見て、

「まさか、島之内まで火の手はまわらんと思いますからな」

と苦笑しながら部屋を出て行った。

四

昼刻まで穏やかだった風が、未の刻（午後二時頃）に急に強く吹き始めた。

吉蔵は天満に防火の救援に向かった店の職人たちが負傷などしないようにと心配していた。広がり続けている火災状況を知らせに、町の者が走ってきた。

「大塩軍は取り壊しにかかった難波橋を突破して、大川を越えたそうや。船場の大店の御屋敷に大筒をぶちこんで、米店もこわして行ったそうや。風が強いので、あちらこちらに飛び火しているようだす」

と告げ、他にも伝えるところがあるからと、言って出て行った。吉蔵は船場の道修町《どしょうまち》から通いできている茂作という油職人が、朝から顔を出しておらず、どうなっているのか心配なので、船で様子を見に行かせると言って、東吉を探している。

「番頭はん、東吉をみなかったか」

と訊いたが、番頭は伍助が帰った後、ずっと見ていないと言った。吉蔵が、はっと気づいたように叫けんだ

「店の船が河岸《きし》に繋《つな》がれとるか、見て来ておくれ」

番頭が往来に走っていき、周章てて戻ってきた。

「猪牙があらへん。大塩軍について行ったのやろか」

吉蔵が唸るように言った。

「長町に住んどる仲間に誘われたのやろか」

東吉がいなくなったことを聞きつけて、吉蔵の女房のお征《まさ》が帳場に出てきた。番頭が大塩軍について行ったのかもしれない。と告げると、

「朝にな、船漕ぎを頼んだら、珍しく、うんと言わなかったのや、なんでやと訊いたらなわいも職人はんと防火の救援に行きたいのやと言うとりました。いつ、気持ちが変わったのやろ」

とお征は不服気な顔を吉蔵に向けた。

「せやから、長町の子は難儀だす」

「長町に住んどるのは、東吉のせいやない。御奉行様が決めたことだす。大塩軍について行ったとしても、救民という旗印を一途に信じてついて行っただけや」

と吉蔵が窘《たしな》めたが、お征は素直に聞き入れず、不安気な声を出した。

「大塩軍について行ったかて、争いに巻きこまれるだけや……。東吉はもう十五やで、もし奉行所に知れたら連れて行かれます」

そのやりとりを聞いていた番頭が、

「伍助はんを探してきます」

と周章てて草履をはいた。その背にお征のかん高い声が飛んだ。

「日本橋の船宿茶店で休んどるはずや」

番頭は後ろも見ずに、へいと言うと急ぎ足で出て行った。

暫くして番頭に連れられて入ってきた伍助が、おろおろしながら言った。

「淀川あたりの御百姓が、天満で事が起きたら駆けつけると、決めておったのを長町の人足が聞きつけたようで、夕べからみんなで大塩軍についていくと騒いでおったそうや。せやから、わいは東吉が奉公に上がったのを確かめに来たのや……。あの子が旦那はんらを船に乗せて行ったと聞いて、安心してたのやがな……。天神筋から帰ってきた時のあの子の様子がおかしかった。せやからな、お前のすることは、お母の病《かんやまい》を少しでも良くしてやることだ。大塩軍について行ったら、絶対にアカンと言うてきかせたのに」

口を酸っぱくして東吉に言ったのに、通じなかったと吉蔵に詫びている。その姿は、実の孫を心配する男の顔のように見えた。伍助が真剣な目差しで吉蔵を見つめた。

「東吉を連れ戻して来ます」

吉蔵が周章てて止めた。

「あかん。今、出て行ったら危い」

帳場にやりきれない空気が流れた。東吉を連れ戻しに行きたいが、大塩軍が進攻していくところは、火災が起きている。火に近寄るのは店の職人だけで充分だ。東吉のことは心配だが、事が治まったら、必ず戻ってくると吉蔵は言ってきかせた。

五

風が急に流れを変え、北東の方から市中に吹きつけて来た。屋根の上で見ていた男が、

「天神橋筋が真っ赤や」

と大声を上げている。吉蔵は憂え顔だが、意外に冷静で、義父母が逃げて来られただけで儲けものだと、お征を慰めていた。

船で淀川の方を見てきた者が走ってきた。

「天神さんも焼けてしもうたそうや」

と口惜しそうな顔をした。おみよの脳裏に天満宮の御杜が火焔に包まれて崩れ落ちていく姿が浮かび、胸が潰れそうになった。

「御霊代《みたましろ》（御神体）は」

吉蔵の声が切迫している。

「天満市場の桟橋から船に移されて、松島の御旅所へお運びしていくそうです」

男が伝えると、吉蔵の顔に安堵の色が浮かんだ。御杜は焼け落ちても、御神体を守り通した天満の人々の気概に幸吉も感嘆しているようであった。

夕刻になって火勢はようやく衰え、防火の救援に行った職人たちの帰りを待つことになった。伍助は東吉がひょっこりと戻ってくるのでは、と思っているのか店先に出て往来を気にしていた。

酉《とり》の刻《こく》（午後六時頃）を過ぎて、職人たちは疲弊しきって帰ってきた。吉蔵がひとりひとりに心をこめて、今日一日の防火の仕事を労ってから、職人頭に訊いた。

「茂作が店に見えとらんのや、あそこは、どれほど被害があったのか、聞いとらんか」

職人頭は詳しいことは知らないが、船場も飛び火したところもあって、酷かったらしいと言い、茂作が店に出ていないというのは、何かあったのではと心配している。吉蔵は明日にでも茂作の消息を尋ねに行ってみなければと番頭に話していた。

帳場の片隅で帰ってきた職人たちの話を聞いていた伍助が立ち上がった。

「頭《かしら》……。大塩軍が船場の大店に大筒をぶちこんだ後、淡路町の応戦で完敗したと、聞いとったが、大塩軍について行った者たちが、何処に行ったか聞いとるか」

伍助の様子が普段と違っていると思ったらしく、職人頭が誰かを探すように辺りを見回した。

「東吉がおらんな。大塩軍について行ったのか」

伍助は身じろぎもせず職人頭の顔を凝視している。伍助のただならぬ様子に、職人頭は気《け》圧《お》されたようだが、落ち着きを取り戻して言った。

「船を待ってた時に聞いたのや。船場で米店を襲った大塩軍は、奪い取った米と銭を路《みち》の上にばらまいたそうや。貧しい者に施されることはのうて、結局、大塩軍の後について行った者が、身につけられるかぎりの物を持って逃げたそうや。せやからな……淡路町の応戦の時には、そういう奴らはおらんかったそうや」

伍助の顔が悲しそうに歪んだ。職人頭が伍助を宥《なだ》めるように言った。

「東吉は人の物を奪いとって逃げるような子やないで。路の上にばらまいたものかて、持って逃げるような子やない」

伍助は黙って頷くと、吉蔵の方に顔を向け静かに言った。

「旦那はん、東吉のこと長町の者に聞いてきます」

背中を丸めて駆け出していく伍助の姿が、父の辰吉と重なり胸が熱くなった。


夜も更けて、職人達が男衆《おとこしゅ》の部屋に引き上げた頃、吉蔵は伍助が東吉を親身になって世話する分けをおみよと幸吉に話してくれたのだった。

東吉の母は奥州の宿場町で、客引き女をしていたが、旅人《たびにん》の子を宿した。が、男は東吉の母を捨てたのか、七年も音沙汰がなかったという。東吉の父が大坂の淀川で掘割の改修人足をしているのを見た、と東吉の父の旅人仲間に教えられた母親は、そのことを頼りに東吉をつれて大坂に来たが、東吉の父親のことを知っていた者たちも、今はどこで稼いでいるのか皆目分からないと言い、東吉と父は巡り会うことがなかったというのであった。

大坂の奉行所では、人別帳に名前のないような者は、市中に住むことを許していない。が、日本橋の向こうにある紀州街道の長町に限り、その者たちが寝泊りできる木賃宿を許していた。

　長町の木賃宿から市中に入ってきた者の仕事は、掘割の改修工事や、米搗《つ》き、季節労働である酒造りや、油絞りなどの力仕事であった。東吉の母も島之内の南米屋町の搗米屋で米搗きをしていたが、元々、体が弱い母親に力仕事を続けることは無理だった。十になったばかりの東吉が病身の母に代わって稼ぎに出たが、子どもの身で大人のように働ける分けがない。南米屋町に米を買いに来ていた伍助が、米搗達に邪魔にされている東吉を不憫に思い引き取り、吉蔵に頼んだのである。

　油絞りはきつい仕事だから、子どもには無理だと断ったが、使い走りでいいから店で稼がせてくれと頼みこまれ、やむなく引き受けた子だという。店で働き者となった東吉は、近頃では油絞りもするようになった。今朝になって天満に連れて行ったのは、伍助に船の操り方を教わっていた東吉は、店の誰よりも、船を早く進めることが出来たからである。伍助が東吉を実の孫のように世話するのは、自分の生い立ちに似ているからではないかと、吉蔵は話した。

　伍助もまた、宿場女郎の子で父親がどこの誰とも分からなかった。産み落とされてすぐ、大坂淀川で団平船《だんべいぶね》（石を運ぶ船）を操っている子のない夫婦に貰われていった。が、十一の時、団平船が火災に遭って、養父母は亡くなってしまった。付け火だという噂もあったが、奉行所は養父母の不始末とした。天涯孤独となった伍助は、産みの母に会いたい一心で、生前、養父母から聞いていたことを手懸かりにして、宿場町を尋ねて歩いた。やっと探しあてた枚方《ひらかた》の宿で、母は既に亡くなっていたと知らされた。それからは、養父に船の操り方を教わっていたことを生かし、八軒家で下りる船客を日本橋まで運んで銭を稼いでいた。三十石船の水夫になったのは、三十を過ぎていた。所帯も持たず、働き詰めだった伍助の楽しみは、船宿茶店《ふなやどちゃみせ》で水夫仲間と酒を飲みながらホラ話をするぐらいだった。

東吉が自分の生い立ちと似ていることを知った伍助は、子どもの頃の自分をやり直すようにして、東吉に我が身を映して望みを抱いたのかもしれない。病身の母親を持つ東吉に自分が貯めた銭を与えるのも、子どもの頃に母を失い、親孝行ができなかったことの代わりを東吉にさせようとしているのでは、と吉蔵は言うのであった。

六

大坂大火の翌日は、霙《みぞれ》まじりの雨が降り、底冷えのする朝を迎えた。

朝餉を終えたおみよと幸吉を吉蔵が帳場に呼んだ。吉蔵は火事装束を身につけ、町に出かける様子である。

「大阪に着いてすぐにと思うやろが見に行って貰いたいところがあるのや……。燻《くすぶ》っているところもあるようだから」

と言って、二人に火事頭巾と股引きを渡してくれた。

「道修町でがんすか」

幸吉が訊くと吉蔵は頷きながら、外の雨に目を走らせた。

「伍助はんがな、昨夜《ゆうべ》、遅うまで船場をふらつきながら誰かを探しておったと教えてくれた者がおるのや」

（東吉が長町に帰っていなかったのだ。伍助が急いで探さなければならないようなこととは……）

幸吉が深刻気に吉蔵を見た。

「急がねぇば……。伍助さんさ会えれば良がんすが……」

肩に降りかかる重たい雨を払いながら、農人《のうにん》橋近くまで行くと、異様な光景が目に入ってきた。大坂城の下に見る上町全体が黒焦げである。どこを見渡しても、黒い焼け跡が続き、その上に重たい雨が降り注いでいる。

立ち上がる気力もないのか、蹲《うずくま》ったまま身動きしない人。何か大切なものを探すようにうろついている人。川向こうに見える景色は現実のものとは思われず、悪夢を見ているような気がした。呆然と立ち尽すおみよの側で無言で焼け跡を凝視していた幸吉が言った。

「撃ち合いがあったそうだが、死人《しびと》が出たのだべぇな」

吉蔵が吐き捨てるように言った。

「御侍はん同士の撃ち合いで出た死人は、大塩軍についた浪人はん一人と、身元の分からん男が二人だけなそうや。せやけどな……煙に巻かれて死んだ町の者が、仰山おるようだす」

罪のない町の者が叛乱の犠牲になった。大坂の町を救おうとした元与力の学者は、何故大筒を持ち出したのだろう。これでは、救民という錦の御旗が泣いているようにしか思えない。

幸吉が奉行所の対応を職人頭から聞いたと言って、吉蔵に尋ねた。

「御奉行様がもっと早くに御指図あったら、あんたな焼け野原をつくらながったべぇと言ってあんしたが、何じょして動くのが遅くなったのだべぇ」

吉蔵が何か言いた気な素振りをしたが、言葉を選びながら言った。

「東町の御奉行様は、大坂の町よりお江戸の方ばかりを見とる御方やからな。大坂はなあ町人の町なのや……せやから大坂の町は、私《わて》ら大坂の者《もん》で力を合わせて守るしかないのやな」

吉蔵は厳しい顔をすると、無言のまま川端を通って、茂作の家がある道修町まで歩いて行った。道修町に入ると、ほとんどの家が焼け崩れていた。この町は薬問屋が多いそうだが、煤にまみれた白壁の土蔵が、泣きぬれたようにはげ落ち、どこの土蔵もがらんどうだった。

吉蔵は、がらんどうになった土蔵を覗きこんでいる男に、この近くに住んでいる茂作という油絞りを知らないかと聞いている。男は茂作を知っているらしく、その男なら西船場の古金町の親戚に母親を連れて行ったようだと教えてくれた。道修町の焼け跡を何かに堪えるように眺めていた吉蔵が、伍助に会えるかも知れないから淀川の方まで行ってみると言って歩きだした。

船場の町は大塩軍が大筒を打ちこんだらしい大店を中心に、焼け跡が広がっているように見えた。高麗橋筋《こうらいばしすじ》に出ると、橋が焼け落ち、川端の大店を中心に焼け野原は淀川の方まで延びていた。

吉蔵が呆れ顔で焼け落ちた大店を見つめて言った。

「呉服問屋の越後屋さんも全滅や」

越後屋の周辺では、まだ燻り続けている焼け跡で、蓑をつけたお店者らしき人影が動き回っていた。その人影の中から全身ぬれねずみの男が、よろよろとおみよたちの方へ歩いてきた。吉蔵が叫んだ。

「伍助はんやな……。東吉は」

伍助が立ち止まった。そばに駆けよると、青ざめた顔で三人を見つめ、無言で手に提げている空《から》の銭袋を差し出した。不吉な予感が走った。銭袋は昨日、伍助が帰り際に東吉に渡したものだった。

「どこに落ちていたの」

おみよが訊いても、目が血走っていて言葉がすぐに出てこない。

「東吉が半殺しにされた処《とこ》や」

やっとふり絞るような声で言うと、よろけて倒れそうになった。幸吉が伍助の体を抱きとめ、吸筒《すいづつ》から水を口に含ませると、落ち着きを取り戻して話し始めた。

「大塩軍について行った長町の者から聞いたのや……。船場で米店を襲った時、小商《こあきな》いをしている店まで火を付けようとする奴らがいたので、東吉が米店だけなはずやと止めにかかったら、そいつらが東吉に襲いかかって半殺しにしたそうや」

鼻水をすすりながら話す伍助を見ながら、吉蔵が言った。

「大怪我してるなら、そんな遠くへは動けないのと違うか」

幸吉がおみよを見て叫んだ。

「土堤だな」

深傷《ふかで》を負った者が煙に包まれた町を逃げ切れる分けがない。火から遠退《とおの》く者は、必ず水辺を探すはず……。おみよと幸吉は、東吉が襲われた場所を聞き出すと、そこから一番近い土堤をめがけて降りて行った。


東吉の亡骸は高麗橋の下の葦の葉が茂ったところに隠れるように浮いていた。重たくなった東吉を二人で引きずり上げ、雨に濡れた土堤に寝かせた。東吉の顔は何度も殴られたのか赤紫に腫れている。のどを絞められたように、首に指跡のような痣があった。船を借りに行っていた吉蔵が戻ってきて亡骸を見ると、

「殺《や》られたのや……。何で……」

と言葉を詰まらせ絶句した。亡骸に手を合わせて菰を被せると、東吉が棄てられていた高麗橋の下を怒りに満ちた目差しで見つめていた。血相を変え東吉のそばに駆けよってきた伍

助が、菰を剥して亡骸にすがって号泣し、吉蔵に訴えた。

「番所に……、番所に調べて貰《もろ》うて」

吉蔵は伍助を宥めるように肩を抱いて語りかけた。

「東吉は救民の旗印を信じたやさしい心根の若者や……。小商いの店を襲おうとした奴らに命懸けで止めようとした勇気のある若者やないか。なんで奉行所に渡せるか、東吉はもう十五やぞ。番所で亡骸をしらべたら。大塩軍について行ったことかて、バレるで。そしたら死人《しびと》のままで科人《とがにん》にされるのや。なあ、伍助はん、東吉のことは私《わて》とあんさんで、ねんごろに葬うてやろうや」

伍助は吉蔵の話すことばに頷きながら、泣き続けていた。

東吉の亡骸が店に運ばれたのは、申《さる》の刻（午後四時頃）だった。吉蔵のはからいで、東吉の母を迎えに行った伍助は、痩せて小柄な女を負ってきた。病身で弱々し気な母親は帳場の床板に頭をこすりつけるようにして、吉蔵に詫びた。

「御迷惑《ごめわぐ》かけてお中訳《もさ》げながんす」

奥州訛りの東吉の母親は、下を向いたまま嗚咽《おえつ》している。女の訛り言葉に亡くなった母を思い出し、思わず駆け寄って手を取った。萎えたその手は、生きていく力も尽き果てたように思え、おみよは慰めの言葉もかけられなかった。

仏間に寝かされた東吉の亡骸を見守るように職人たちが座っていた。一同を前にして、吉蔵が言った。

「東吉は、骨身を惜しまずに働く立派な若者やった。こんな事になって残念でならない。私は親代わりになって、伍助はんと懇《ねんご》ろに供養してやりたいのや。せやからな……。今度のことでは奉行所に協力せえへん、と心に決めたのや。人の命は何ものにも代えられないものだす。国の宝は、銭や米ではのうて、それを産みだす人が宝なのや……。大坂の町を救おうとせず、江戸の方ばかりに目を向けとる御奉行には、私は協力せえへん」

諄諄《じゅんじゅん》と語りかける吉蔵に、職人たちが口を揃え、そうや、そのとおりやと頷いている。

職人頭が東吉の亡骸に線香を手向けて言った。

「東吉……お前が信じていた大塩先生は、大坂の町を救おうとして、何もかも投げうって立ちあがったのや、今朝なあ、先生の人相書が手配されたそうやけど……、大坂の者なら先生が何処へ逃げたと知っとっても、奉行所に届ける者などおらん。わいらも負けへんでこんなことに負けてたまるか……。再起や、明日から天満へ焼け跡の仕末の救援に行ったるで……。東吉、見ててくれな」

吉蔵や職人頭の言葉におみよは心を動かされていた。この町の人達は、叛乱による大火に見舞われても、萎《しお》れることなく明日への再起を願って立ち上がろうとしている。それは懐しい故郷、南部の国の百姓たちの結《ゆ》いの心にも繋っているように思えた。村で困ったことがあれば、みんなで手を貸し合って助け合う。それがあるから貝吹の時にも、心をひとつにして立ち上がることができるのだ。と幸吉に教わった結いの心を。

深夜になり職人たちは男衆の部屋に引き上げて行った。仏間には灯明《とうみょう》を守る幸吉とおみよだけが残った。幸吉が静かだが、力強い声で言った。

「明日から天満さ行って職人さんたちと汗を流すべぇな」

その声に呼応するかのように、灯明の火が一際《ひときわ》明るく燃え、東吉の体を慰撫《いぶ》するかのように照らしていた。

故郷へ

一

明治四（一八七一）年七月下旬――。

おみよが大坂の門真《かどま》から、孫息子の幸太と奥州の南部盛岡へ旅立ったのは、一月《ひとつき》半前の五月の中頃であった。

この旅は亡くなった夫との約束を果たす旅であった。夫の幸吉は五年前の慶応二（一八六六）年に摂津西宮で打ちこわしがあった時、騒動に巻きこまれて亡くなった。幸吉は生前、俺《おら》が死んだら故郷の土に還《かえ》してほしい、と言っていたのである。

夫の三回忌を終えた時から、おみよは息子の幸之助に盛岡へ旅すると懇願していた。しかし、幸之助は、世情が不安定な時に旅をするなど危険である。ましてや奥州の盛岡へ女一人で出してやれるはずがない、と言って受け入れてくれなかったのである。おみよは早く盛岡へ旅立てるような世の中になってほしいものだと思っていたのであった。

明治三（一八七〇）年八月、おみよの元に盛岡から文が届いた。文には、一月前に盛岡は藩から県に改まった。よって盛岡藩知事の南部利恭《としゆき》公は知事を辞任し、盛岡藩は盛岡県となった。なお、県の大参事として執務をする人は東《ひがし》次郎という方である——と書かれてあった。

文を届けてくれたのは、おみよが盛岡に住んでいた頃、手習いを指南してくれた松庵であった。八十近くだというのに今なお、筆先は力強かった。盛岡を離れて三十五年を経た今も、おみよとは文のやりとりで交流が続いているのである。

故郷へ帰る機会は以前にも一度あった。嘉永二（一八四九）年に藩主の南部利義《としとも》公から利《とし》剛《ひさ》公に代わり、大赦令が出された。待ち望んでいた大赦令が出された時、おみよはお腹に二番目の子を宿していた。それでも家族揃って故郷へ帰れるものと信じていた。が、長男の幸之助が発熱し、熱は何日も下らず、おみよは看病に追われて疲れきっていた。そのせいなのか分からなかったが、流産してしまい、体調を崩してしまった。医者に長旅をするなと言われ、盛岡へは幸吉が一人で行くことになったのである。幸吉が皆に会うため日影長屋を訪れた時、おみよの父辰吉は、病の床に臥していた。世話をしていたのは、松庵師匠だった。悲嘆にくれながら辰吉のそばにかけよると、体を起こしてくれと言って、幸吉に抱えられて座った。

「よおく来て呉《け》たな……」

と、辰吉は幸吉の手を握りしめた。

「お申訳《もさ》げながんす。おみよと幸之助を連れて来れねぇで……」

と詫びる幸吉に、おみよが松庵に届けた文を読んでもらったのか、辰吉は弱々しい声を出しながら、

「仕方がねぇな。体が一番だからな。幸之助もあまり丈夫な童子《わらす》ではねえと、聞いてたからな……。とにかくおみよの体が回復したら、三人で戻ってくればいいのだ」

と言った。

二人の話を聞いていた松庵が、眉根をひそめて言った。

「お前《めぇ》らを大坂さ逃がしてから、無事だという知らせが届くまで、何ぼ心配したことだがの……。それでも元気で暮しているという便りが届き、それから赤子が産まれたと聞いた時は、何ぼ辰吉つぁんが喜んだことだが……」

幸吉は何度も頷きながら、済まながんした、と詫びて松庵を見つめた。

「隠れてでも会いに行けねぇものかと何度思ったか知れねぇがんす。したども、盛岡から大坂さ来た人の話では、貝吹《かいふき》（百姓一揆）に関った人たちへの捜索は厳しく、国の出入りは難しいと聞かされてあんした。もし捕まるようなことがあったとしたら、皆さんに迷惑かける

ことになるし……。それだから、これまでは……」

と言うと、辰吉は幸吉に抱えられたまま、

「そのとおりだ。俺《おら》が一番心配《しんぺえ》だったのは、お前らが捕まることだったのだ。うんだから、これで良がったのだ。御赦《ゆる》しが出て、大手を振って帰って来れたのだから」

と胸を抑えて言っている。

松庵が辰吉にあまりしゃべらないようにと言っているが、何か言いたいらしく、

「おみよも体が回復すれば、すぐに戻って来られる。俺の今の望みは、孫の幸之助の顔を見ることだ」

と言った。

その言葉に幸吉は、辰吉がどんなにおみよ達が帰って来ることを待ち望んでいたかと思い、返す返すも親子で帰れなかったことを悔いるのであった。

「本当にお申訳げねぇ。連れて来れねぇで」

と言うと、辰吉は幸吉の手を再び握りしめ、

「いいから、そのうちにきっと会える」

と息切れしながら言った。

「辰つぁん、幸吉つぁんは、しばらく盛岡さいるようだから、ゆっくりと話しあんすべぇ」

と松庵が言って、辰吉を寝かせた。

辰吉は小さく頷くと目をつむり、眠りに入ったようであった。

松庵が部屋の片隅に置いてあった白木造りの文机《ふづくえ》に目をやった。

「辰吉つぁんが作ったんだ。孫の幸之助に、と言っての。おみよちゃんのように手習いを習って、その後は学問すると聞いての。大した喜んでの」

と話す松庵の目には涙が光っている。その目を見て、もう辰吉の命は長いことはないのだなと幸吉は思ったそうである。

翌朝、幸吉は辰吉の苦しそうな息づかいで目を覚ました。隣の松庵に来てもらい、二人で辰吉に声をかけた。

「苦しくねぇすか」

辰吉が薄目をあけ、弱々しい声で言った。

「幸吉……。お前だけでも帰って来てくれて……、安心した。後のことは……、全部、頼んだぞ」

幸吉が手を握って頷くと、辰吉は目をつむった。しばらく眠っているようであった。が、その弱々しい寝息も消えた。

松庵が頸部と手首の脈を取り、両眼を調べると、首を振って、

「逝きあんした。三人が帰って来ると聞かされて、持ち堪《こた》えていたんだな」

と言った。

幸吉は体から力が抜けていき、しばらく声も出せなかったそうだ。

辰吉の弔いを済ませた後、幸吉は黒川村の実家には一泊だけして帰って来た、と教えられた時は、おみよも体の芯から力が抜けていくようであった。


帰郷のために一旦退《や》めた幸吉は、油絞り商の吉蔵店に再び働かせて貰っていたが、おみよの体が回復すると、帰郷するのは、しばらく延ばしてほしいと言った。そして、南部の国は俺達の故郷だから必ず帰るが、これからは全国の世情を見て回りたいので、家のことはおみよに任せると言ったのである。

盛岡から帰って来た時から様子が違っていた。父辰吉の死のことだけではない何かがあったのだと思って尋ねると、幸吉は心を決めたように話してくれた。

辰吉の弔いを終えた夜、松庵が今、自分は南部領の沿岸で起きている貝吹に加勢立てする

ための寄合をしていると言ったそうである。幸吉が六十近くになるというのに、もう無理はなさらないで下さいと言うと、儂は岩泉の小本生まれじゃぞ、あの地域一帯を率いて世直しをしようとしていた男は七十を過ぎておった。それなのに、どこも悪くねぇ儂に黙って見ていろというのかと一喝したそうであった。

その時、幸吉の胸深く刻まれていた貝吹への思いがあふれたそうである。その思いはおみよも同じで、幸吉の活動を支え続けていきたいと思ったのである。

今から三十五年前、おみよと幸吉は盛岡南方一揆の時、城下の惣門破りに加担した。おみよ達はその科《とが》で捕方に追われる身となった。その時に二人を逃亡させるための段取りをつけてくれ、当座の暮しに使う銭まで用立ててくれた人が、森口半十郎という盛岡藩士であった。

半十郎は南方一揆の時、藩政を批判する檄《げき》文を書いて、市中に貼り出した。領民を一揆に加勢するように扇動した、として捕縛されたという。が、捕縛されたのではなく自ら名乗り出て、白洲では藩の悪政を徹底的に批判し、一切の科は私一人《いちにん》にあるので、責めは一人で負う所存である――と言ったそうである。裁判にあたった役人も半十郎の話すことに共鳴しているようだったが、その後のことを恐れ、永牢としたようであったと聞いている。

松庵の文によると、半十郎は嘉永三年に大赦があった時、南部領の田名部《たなぶ》（下北半島）に永牢となっていた。赦免となり晴れて自由の身となった。が、盛岡へは戻って来なかった。どこかの藩に召し抱えられたようだと噂する者もあったが、本当のことを知る者はいなかったようであった。

盛岡藩が盛岡県と改まり、関所や運上番所が廃止された。他県の旅客の出入りも規制されることなく自由になったのである。一度は立ち消えとなっていた盛岡への旅を、幸之助に話してみたところ、お父はんとの約束ならと、観念したようで許してくれたのである。

幸之助は道中の安全を願って、自分の手習子であった吉太郎を江戸まで付き添わせてくれたのであった。

二

大坂から京までは人馬で乗り継ぎ、京から江戸までは人馬と渡船を使ってやって来た。江戸で商いの用事があるという吉太郎と別れ、奥州街道からは幸太と二人旅であった。門真を旅立つ時は、幸太を連れて行くかどうかと不安であった。が、幸太はお爺はんとの約束があるのでどうしても盛岡へ行きたいと言って聞かなかった。幸太は旅で世の中の見聞を広めている祖父の幸吉に憧れていた。いつも旅をしていて家にいない幸吉が旅から帰って来ると、幸太を相手に土産話を聞かせていた。そのことが幸太を旅へ誘わせることになっているのだな、と幸之助も思ったようだった。が、幸太にお爺はんとの約束は何なのかと訊くと、約束とは果たすものなのです。果たしたらお話しますと言って聞かなかった。

夫の幸吉が亡くなった時、幸太は八つだった。約束といっても幸吉が是非に果たしてくれとは言わなかったであろう。そしてどんな大事な約束かは知らないが、幸太は十四になったばかりである。幸之助は約束の内容を話さない息子を、旅をしたいばかりに言っているのではないかと思ったようだったが、やはり幸太は親父《おやじ》に似ておりますなあ、と言ってあきらめ、まあ、他国を見物するのも良い勉強になるでしょう、と言って許してくれたのである。

一月半前までは好奇心旺盛なだけの子だと思っていた幸太は、旅宿で肩をもんでくれたり、背中をさすってくれたりして、おみよを労ってくれた。心なしか背丈も伸び、体つきも大人びた骨格になってきたように見え、頼もしく見えるのであった。

奥州街道の陸奥南部盛岡の桝形に続く道をおみよと幸太は歩き続けて来た。街道筋の松の木陰で休んでいる旅人もいたが、幸太は休まずに前方を見つめて歩いている。見前《みるまえ》を過ぎた頃から早足になり、おみよはゆっくりと歩いておくれと言った。仙北組町の枡形が遠くの方に見えて来る頃、幸太は街道筋に立てられている立札の前で足を止めた。

「お婆はん、ここが小鷹《こたか》だすか……。あの御方は生きて居られるのだすか」

おみよは、立札に書かれている字を確めてから幸太を見つめて聞いた。

「小鷹が何をする所か聞いておったのか」

「はあ……」

（幸吉が小鷹という場所が仕置場《しおきば》ということも教えたのだろう。が、幸太はあの御方は生きて居られるでしょうかと聞いた。亡くなった人のことなら、そうは聞かない。だとするとあの御方とは……。私が考えている人のことであろうか……）

幸太は辺りの景色を関心深そうに眺めている。その様子を見ながらおみよは尋ねた。

「あの御方とは誰のことを聞いているの」

幸太は眉をひそめながら言った。

「お父はんがお爺はんから聞いた話を、吉太郎はんに言うてるのをそばで聞いてました。ここは仕置場だったそうだすな。お爺はんを助けはった方は、ここで仕置されることはなく、永牢となったそうだす。それでも今から二十年位前に南部の殿様が大赦令をお出しになった時、赦されて自由の身になったそうなんだす。でも……盛岡へは帰らなかったそうで……。お爺はんは心配やったそうだす」

幸太は大人達が話しているのを聞いていて森口半十郎のことを知ったのだ。おみよは大坂の門真を旅立つ時に幸太が言ったことが気になり幸太を見つめた。

「お前は門真を出立する時、お爺はんとの約束を果たしたいと言っておったが、今の話と関りがあるのか」

幸太は大きく頷いた。

「そうだす。お爺はんが亡くなる前に、お前は旅の話が好きだから、いつか大きくなって盛岡へ旅することがあったら、森口半十郎様という方の消息を調べてくれと言うてはりました。その時は八つやったから何のことか分からんかったけど、お父はんと吉太郎はんの話を聞いて分かったのだす。その御方がお爺はんとお婆はんを助けてくれなかったら、私《わて》も生まれて来なかったかも知れん。どうしても消息を調べて、お爺はんとお婆はんの代わりにお礼を言わなきゃ……」

子どもだとばかり思っていた幸太が、いつのまにかこんな事を考えるようになっていたのである。が、見知らぬ土地で何の手づるもなしに幸太が探せるはずはない。これは自分のやるべき仕事なのだ。家族の誰にも言わなかったが、大坂を立つ時から心に決めてきたことなのである。幸太には幸吉の納骨を済ませてから話そうと思っていたが、同じ気持ちを抱いて旅をしてきたのかと思うと感無量であった。

「幸太が大きくなったらとなあ……。森口半十郎様の消息をとなあ……婆《ばば》も消息が分かったら、お会いしてお礼を申し上げたいと思っておる。ただ……これは長くかかることかも知れないよ」

と言って幸太の目をじっと見つめた。

「元より、そのつもりだす。お父はんは黒川村で納骨を終えたら、盛岡を見物して帰って来いと言わはりましたが、私はそのつもりはあらしまへんでした」

と言って小さく首をすくめて笑った。

おみよは呆気にとられ、幸太を見つめていたが、思案気に尋ねた。

「それでは学問のことはどうするつもりなのかい。お父はんが心配するだろうね」

幸太は黙って下を向いた。それから顔を上げておみよを見つめた。

「私はお父はんの手習所《てならいどころ》は継ぎません。何を学ぶかは、お爺はんのように旅をしながら世間を見て回ってから決めようと思っております」

そう言った幸太の目には迷いが見えない。親が通ってきた道を選ぶ子どもが多い中、幸太は自分の目で世情を見つめ、一つ一つを確かめながら自分の進むべき道を選ぼうとしている。その迷いのない目が亡き夫幸吉の瞳と重なって見えるのだった。

三

昨夜泊まった花巻の宿を出立したのは、明け六ツ（午前六時頃）であった。花巻から盛岡まで九里半の道程《みちのり》を幸太と歩いて来たが、長旅を続けてきたおみよは、足腰の疲れがきつくなり、時々歩みを止め、休みながら幸太の後ろを歩くようになっていた。幸太はといえば、小鷹の仕置場跡で足が止まったものの盛岡に近付くにつれ足取りも軽くなっているようだ。

この先には盛岡城下に入るために北上川に架けられた舟橋を渡っていかなければならない。が、去年から関所制度もなくなり、舟番所では橋銭を渡すだけで良い。規制が解かれたことは今度の旅を楽にしてくれていると思いながら、おみよは幸太の後を追った。

舟橋を渡って新山河岸《しんざんがし》に降り立った。幸太が北上川の西の方に目をやったまま佇んでいる。

「大きい山だすなあ。あれがお爺はんがいつも話してくれはった岩鷲山《がんじゅさん》だすか」

と幸太は岩鷲山の勇姿に圧倒されたように目を輝かせている。

「堂々として、立派な岩鷲山《おやま》でしょ」

とおみよも疲れを忘れたように明るい声で言った。

「大坂ではこんな大きな山はあらしまへんな。何やらこの山に守られているような、そんな気持ちになります。この舟橋を渡る人たちは、この山に迎えられたり、見送られるような気持ちになるんやろなあ」

と幸太はこの場から立ち去りがたいのか、しばらく佇んで眺めていた。

「そうね。ここに戻ってくると、いつも変わらずにこの岩鷲山が待っていてくれるの」

そう言っておみよは胸の中にしまっている小さな位牌に手をあてた。

(幸吉さん、あんたの故郷に戻って来ましたよ。あんたが故郷の話をする時は、いつも岩鷲山と北上川の話をしていたわね。俺達《おら》南部の国の領民《たみ》は、この父なる山と母なる川に抱かれて育てられてきたんだって……。幸太もこの山も川も好きになったようですよ)

幸太は北上川の前方にそびえ立つ岩鷲山と北上川の景色に心が動かされたようで、

「この川が北上川なんやなあ。どこから流れて来てどこへ行くのやろ」

とおみよに顔を向けた。

「西の方に安代《あじろ》と西根という村があるのだけど、その村の境に七時雨《ななしぐれ》山というきれいな名前の山があるの。その山は一日のうちに七回も照り降りが変わって、雨が降ったり止んだりするらしいの。その山に降った雨が、下の方にあるたくさんの川の水を集め、川幅を広げながら盛岡まで来て大河となっているの。その先は……」

と言って一息ついたおみよに幸太は催促するように言った。

「その先は……、川の水はどこまで流れていくのだすか」

おみよは幸太の顔を見つめ、微笑みながら答えた。

「南部の御国を越えて伊達の御国に行って、石巻の湊《みなと》に注がれて海に出るのよ」

おみよの話すことばを一つ一つ確かめるように聞いていた幸太は、

「淀川の流れも大坂湾に注がれているけど、南部の国は広い広い国やからなあ。長い長い川の流れなんやなあ」

と、ひとしきり感心して、

「この舟橋からの眺めは素晴らしいなあ。この川に大坂にあるような橋が架けられたら、便利になるんやろなあ」

と言った。おみよはそうなる日も遠い日ではないと思うのであった。

新山河岸から城下へ入る惣門は左へ折れる道であったが、今夜は明朝早く幸吉の生地である黒川村へ行くので、川原町の舟宿に泊まることになっていると幸太に告げ、川原町に向かった。川原町に入ると、旅宿や舟宿が立ち並んでいた。一番奥にある宿の前に立つと、おみよは揚羽蝶を型どった釣提灯に、あげは舟宿という名を確かめ、中に入った。痩せて小柄な中年男が出てきた。おみよと幸太を見て、不思議そうな顔をしたが、すぐに笑顔を見せた。

「御泊まりであんすか」

「ええ、泊めて頂きたいのですが、あの……油町の松庵先生から盛岡へ着いたら、こちらに泊まるようにと……」

と言った。

男は舟宿の主人らしく中へ声をかけている。中から女将らしい小肥りの中年女が出て来て言った。

「ああ、松庵先生の……。あの……、上方の大坂の方でござんすな。そういえば、見えたら舟を出してくれるようにと聞いておりあんした。明日の朝なら船頭が来てくれあんす。どちらまで行かれあんすか」

舟のことまで手配してくれたのかと思いながら、申し訳なさそうにおみよは言った。

「乙部の黒川村までです」

「そうでござんすか、畏まりあんした」

と言って二人が草鞋《わらじ》を脱ぐと、足を洗ってくれ、部屋に通してくれた。

新山河岸に降り立った時、晴れ渡った空に向かってそびえ立つ岩鷲山を眺め、力をもらったような気がした。明日もきっと晴れるだろうと思いながら、夕餉を済ませて休んでいると幸太が寄って来て、肩を揉んでくれていた。布団を敷くために女中が入って来た。愛想のいい三十路すぎに見える女である。

「長旅でお疲れでござんしょ。孝行息子じゃなくて、孝行孫さんだこと……」

と幸太を褒めている。

毎晩、肩を揉んでくれる幸太を有り難いと思っているが、幸太もさぞかし疲れているだろうと話すと、女中が言った。

「もし、良かったら、下の部屋に女《おなご》の按摩さんが来てあんす。女の客しか取らなござんすが、腕は良いようで……。どうであんす」

女の按摩で女の客しか取らないとは、まあこの世情では仕方あるまい。そういえば松庵が昔、寄越した文の中に、八掛置の袖が一念発起して揉み療治を習い、按摩を始めたということが書かれていたことを思い出した。

「按摩さんは女の方ですか、おいくつぐらいでしょうか」

女中は明るい声で笑いながら言った。

「それが……、歳《とし》は聞いたことはなござんす。したども、曾孫《ひまご》がいてもおかしくなさそうでござんす。もっとも独身《ひとりみ》だから孫はいないと笑ってあんしたが、とても面白い按摩さんでござんすよ」

独身で曾孫がいてもおかしくない年頃、何やら袖を思わせるところもあるが、袖ではなくとも良い。その人に会ってみたいと思った。

今、客を取っているのかと訊くと、女中はもう終わって女将さんとおしゃべりをしてあんすが、と言うので、それならこの部屋に案内して下さいと頼んだ。

部屋の戸を開けて入って来たのは、やさし気な若い娘に手をひかれた白髪の老婆であった。老婆は手をひかれたままおみよのそばに座ると、

「お願《ねげ》ぇしあんす。あの、大坂からお出ったそうで……」

と言い、おみよに顔を向けた。

目の前で老婆の顔を見るなり、おみよはハッとした。年老いて顔や手のしわは深く細かく刻まれているが、紛れもなくこの人はお袖さんだ、と思った。

「ええ、大坂の門真から夫の供養をするために、帰って来ました。あのう……お袖さんではないですか」

と言うと、目の見えない老婆の顔が、パッと明るくなった。

「やっぱり、そうだったんであんすな。松庵さんから舟を出してやってくれと言われたと聞いた時は、もしや、おみよさんではねぇかと……。あやや……何十年振りであんすべぇな。夢ではながんすべぇな。生きてて良がった。また会えるなんて……。こんたにうれしいことはねぇ」

袖はうれしさのあまり涙を流しながら、両手を出しておみよの手を取った。

おみよも感激のあまり声が震えたが、長い間、無沙汰をしていたことを詫びた。袖は仕方のなかったことなのだと慰めてくれ、遠くにいるおみよ達の倖せを、いつも祈っていたと話してくれた。

再会の喜びをかみしめ、おみよは揉み療治をしてもらいながら、盛岡で暮している人達の様子を聞いた。あの頃、日影長屋で一緒に暮していた人達は、皆、あの長屋を引き払って、それぞれの町に住んでいる。残念だったのは、隣の太助とお勝は亡くなったというのである。それでも、息子の善太は油町の油屋嘉兵衛店で第二番頭になったと、うれしそうに話してくれた。

善太の暮しに安堵する一方で、どうしても様子を聞きたい人がいた。三十五年前に、皆の科を背負って永牢となった森口半十郎のその後についてであった。

「盛岡の方々には迷惑やご心配をかけ通しで、この御恩をどうやってお返しして良いのやら……。特にも、森口半十郎様には是非にもお会いして、お礼やらお詫びやら申し上げたいと思いまして、この旅を続けて来ましたが、どうしていらっしゃるのですか」

と聞いた。

袖は手を止めると、

「結局、あの時は永牢ということで、田名部の牛滝《うしだき》さ行かされたのであんす。ところが、嘉永三年に御赦しがあった時、盛岡さ帰って来ねがったのす。うんでも、ある御方が松前の警衛さ行った御侍さんから聞いた話によると、藩のお目付けとして迎えられたとか……。やっぱり一角《ひとかど》の御方だったのであんすな……。何せ下北あたりには松前のお殿様の御親戚がいるそうであんすからな……。うんだが、箱館戦争では松前藩も五稜郭さ立てこもった御侍さん達さ味方しねがったそうだ……。それに、私と同じ年頃であんしたから、生きているやらどうやら……」

と言って溜息をついたが、思い直したように、

「この年で生きているのは、私と松庵さんぐらいなものだから……」

と言った。

そばで二人の話を聞きながら横になっていた幸太が起きて座り、袖に聞いた。

「お婆はん、森口半十郎様は蝦夷《えぞ》の松前に行ったのだすな。そして、お役人に……」

幸吉との約束を果たしたかった幸太にとっては、驚きの話であったに違いない。が、幸太はしばらく考えてから首を傾げた。

「なぜ、蝦夷の松前にいったんやろう……。蝦夷の島は北海道という島に改められ、新しいことをやっていくのだ、とお父はんに教わりました。でも、蝦夷は未開の地だから、そこに行く人達は、苦労に苦労を重ねて暮さなければならないのだと……」

と言って、俯に落ちないようで一人で考えているようだった。そばで耳を澄ましていた袖が言った。

「お前さんが幸吉つぁんのお孫さんすか。お爺さんから、森口様のことを聞いていたのすか。みんなの科を一人で背負ったことも聞いてたのすか。しかし、人の一生は分からねぇもんだ。あの時、死罪になるかも知れねえのに永牢となって田名部に行かされ、田名部で一生終わるかと思ったらば、大赦があって蝦夷さ渡って松前の立派な御役人になったと……。恐らく御本人も、そんたな人生を送るなんて思いもしなかったべぇ……。私《わたす》もこうやって八十近くまで生きて、新政府とやらの御天下様の下で暮すようになるとは、思いもしなかった」

と、しみじみ話していた。

袖は揉み療治を終えると、供養を終えたら油町の松庵の家で、ゆっくりと話をしよう、と約束して帰って行った。

四

翌朝、明け六ツ（午前六時頃）、舟宿の階下から出立する人の声が聞こえてきて、おみよは目覚めた。昨日頼んでいた舟のことを聞きに階下に降りていくと、女将が出てきて、船頭は早くから来ていると言って、外にいる船頭を呼んでくれた。痩せて小柄な男である。

女将は大坂から来た客だが、黒川の渡しまで乗せてやってほしいと言うと、船頭は丁寧に頭を下げながら言った。

「大坂からとは、お疲れでござんしたな。ゆったりとして乗って行って下んせ」

「あの、もう一人、孫も乗りますが……」

「おや、お孫さんであんすか。おいくつであんすか」

「十四になったばかりの男の子です」

「うんだば、大人と同じであんすな。舟は二人の大人を乗せれあんす。安心して下んせ」

と言って外に出て行った。

二階へ上がると、幸太が窓の外から空を仰いでいた。

おみよが声をかけると、

「お婆はん、朝から良い天気だすな。北上川を舟で下るのだすな」

とうれしそうに言った。

「昨日、降りた新山河岸から南へ下るの。黒川の渡しで降りたら、村の人を探して権現寺がどこにあるか聞いてみてから訪ねていけばお爺さんのお家も……」

と言うと、幸太の顔が明るくなった。

「お爺はんが生まれた家は、権現寺の近くだって聞いたことがあります。私《わて》が村の人に会ったら聞いて寺を探します」

寺の名前を聞いていたことが嬉しかったらしく、幸太は黒川への旅を喜んでいるように見えた。

朝飾を終えて階下へ行くと、船頭が店先の椅子に座って待っていた。幸太を孫だと教えると、船頭は愛想よい笑顔を見せていたが、幸太の顔をじっと見つめ、あのう、と言ってから首を傾げ一人頷くと、すぐに元の笑顔に戻った。おみよは船頭の様子が気になったが、恐らく誰か似た子に会ったことがあるのではと思うのであった。

新山河岸の渡しから舟に乗り、北上川を下って行った。幸太は周りの景色や川の流れに目をやってから川の中をのぞき、魚が泳いでいるのが見えるとはしゃいでいる。船頭がそれを見つめながらおみよに話しかけてきた。

「黒川の渡しで降りたら、どこまで行きあんすか」

「権現寺のそばの家まで行きたいのですが、そこへはどのように行けば良いのですか」

「あれっ、権現寺のそばの家であんすか。うんだば、寺下の幸治さんの家であんすな。よおく知っている家であんす。良かったら連れて行ってあげあんすが……」

と船頭は親切に話してくれたが、おみよがそこまではと遠慮深げに言うと、

「いや、俺も黒川の出身《で》であんす。寺下かまどの幸治さんとは、昔から親しくしてあんしたから……」

と言って幸太の顔を見ながら、

「あのう、お客さんは大坂から来たとお聞きしあんしたが、もしかしたら幸吉つぁんの……」

と聞いている。船頭の口から幸吉の名が出るとは思わなかった。

「あの……、幸吉を知っているのですか」

とおみよは驚くような声を出した。

「はあ、知ってるも何も、俺ぁ、幸吉つぁんのことは童子《わらす》の時から知ってあんす」

子どもの頃からと聞いて、びっくりすると同時に親近感を覚えた。

「幸吉は私の亭主です」

と、丁寧に応えると、

「一緒に来られねがったのすか」

と聞いてきた。船頭は夫の幸吉が亡くなったことは知るはずがない。おみよは胸元に手をあてて、

「ここに居ります」

と答えた。

一瞬、怪訝な顔をした船頭は、すぐに察知したらしく、

「いや、何も知らねぇでお申訳《もさ》げなござんしたな。いつであんしたか」

と聞いている。

「三回忌も終えましたが、幸吉の遺言でしたので、遺骨を寺に埋葬してもらおうと思いまして……」

と言うと、船頭は櫓をこぐ手を止めてから、おみよの顔をまっすぐに見て、

「そうだったのすか……。幸吉つぁんは、あの貝吹の時に大した仕事をしてあんしたな。俺たち村の者は一味同心だと言って、幸吉つぁんに付いて行きあんした。したども、役人らに目を付けられ、幸吉つぁんが国を出て行ったと聞いた時は……」

と言って、遠くの方に目をやり、しばらく黙っていたが、幸太の方へ顔を移した。

「どこかで見たことのある顔だと思ってたら、幸吉つぁんの童子の頃に似てあんすな」

と言って舳先《へさき》の方へ顔を戻し、舟を進めて行った。

恐らく船頭は、三十五年前に遡って南方一揆の頃を思い出しているのだろうなと思った。

黒川の渡しで降りると、午後まで舟を出さないから、寺下かまどまで連れて行ってくれる、と幸治の家へ案内してくれた。幸吉の生家までの道の左右に田畑が広がり、田圃の稲穂は六分ぐらいの実りである。畑には収穫した後なのか、真桑瓜《まくわうり》が所々に残っているのが見える。昔から黒川の真桑瓜は収穫量が多いらしく、盛岡まで売りにくる百姓達がいたことを思い出していた。

畑を通って幸吉の生家に着いた。白髪交じりの女が出てきて、船頭の顔を見ると笑顔を見せたが、大坂から来た幸吉の嫁と孫だと伝えられ、女は困惑気な様子をしていた。が、中にいる孫のような男の子を呼び寄せ、夫の幸治を迎えにやった。しばらくして手拭いで汗をふきながらやって来た白髪の男は、夫の幸吉にどこか似ているが、目付きがするどく、硬《かた》い表情をしたままである。おみよを見ると、素《そ》っ気ない態度で、

「幸吉兄貴の嫁さんすか」

と聞いてきた。

「そうです。突然伺いまして、申し訳ありません」

「…………」

「あのう、幸吉が……」

と話しかけると、幸治は続きをさえぎるように言った。

「それは盛岡の松庵さんからお聞きしておりあんす。三回忌も終えたとか……」

その表情は厳しく、おみよ達の訪問を快く思っていないように見える。

「実は、夫の遺言でしたので御先祖のお墓に一緒に埋めて頂きたいと思いましたので……」

「……………」

幸治はおみよの顔を見ず横を向いている。

おみよは困惑気に幸治を見つめながら話しかけた。

「あのう……、どのようにしたら宜しいのでしょうか」

幸治はあからさまに迷惑そうな顔をした。

「うんだば、寺さ行って和尚さんに相談してくれねぇすか。俺たちは野良のことで忙しいもんで……」

と突っけんどんに言った。

この男が幸吉の弟なのか、実の兄の供養にやって来た身内にこんな振る舞いをするものなのか、と不快になったが、疎遠になっていた歳月がこのようにしてしまったのかと思い、後悔の念にかられたのであった。

権現寺の和尚が寺にいるか確かめに行った船頭が帰ってきた。和尚が寺に居られあんしたよ、と言ってくれた。が、おみよと幸治の様子を見て何か察したらしく、

「寺まで付いて行ってあげあんすべぇか」

とおみよの顔を窺った。

おみよはしばらく返事をしなかった。が、幸治は一緒に供養するつもりはないらしく、目も合わせてくれない。仕方なくおみよは船頭に言った。

「申し訳ございません。御案内して下さいませんか」

「かしこまりあんした」

船頭は幸治に一緒に付いて行ってくれるかと訊くこともなく、おみよ達を促して歩き始めた。その様子から船頭は幸吉と義弟との関係が上手くいっていない理由を知っていそうな気がしてならなかった

五

寺の山門から境内に入ると、本堂から読経が聞こえてきた。船頭は庫裏の方へおみよと幸

太を連れて行き、中の方へ声をかけた。白髪の背中の丸くなった老女が出てきた。

「大黒《だいこく》さん、先刻《さっき》、和尚さんに伝えあんしたが、大坂から来たお客さんであんす」

船頭が少し大きな声で言うと、大黒さんと呼ばれた老女は顔をくしゃくしゃにしながら、うれしそうに幸太とおみよの顔を代わる代わる見た。

「ええ、承知してあんすよ。あのう、大坂さ行った幸吉つぁんの御家族の方であんすべぇ」

「はい、お世話になります」

「ささ、中へ入って待ってて下んせ。もう少しで和尚さんのお経が終わりあんすから」

と老女は丸い背中をますます丸くして、身を屈めながら中へ上がらせ、本堂まで連れて行き、和尚の後ろの方に座らせると、自分は庫裏へ下って行った。

間もなくして、読経を終えた和尚が後ろを振り向き、居ずまいを正した。読経の声に張りがあり、背筋をピンと伸ばしていたので、老女の息子なのかと思っていたが、顔には深く刻まれたしわが幾筋もあり、古稀を越えているのだろうなと思われた。おみよ達に会釈すると、声の調子を落として静かに言った。

「遠路、お出って下さったそうだの。寺下かまどの幸吉つぁんの女房《おがた》だそうだの。幸吉つぁんも、お亡くなりになったそうで、大変であんしたな」

「はい。あの時はもう何が何だか分からず悲しんでばかりおりましたが、やっと三回忌も終えて、気持ちも落ち着きました。生前から夫は自分が亡くなった時は、先祖が眠っているこちらのお寺に納骨して頂きたいと話しておりましたので……」

おみよの話す言葉に大きく頷くと和尚は、

「ほう、やはりそうであんしたか。幸吉つぁんは生まれたところさ帰って来たかったんであんすな。で、供養はいつにしたいのであんすか」

「出来れば早目にしたいのですが、今日は御供養なさる方はいらっしゃいますか」

とおみよは尋ねた。

和尚は不思議そうにおみよの顔を見つめ、それから船頭の顔を窺うように見ている。船頭が黙って首を横に振った。それを見て取ったのか、和尚が思いあまったように言った。

「もし宿のことなら、この寺でも良いのだがの……。明日にしたらどうであんすか。こちらも何かと仕度があるのでの」

「お宿まで……。そんな御迷惑な……。日取りを決めて下さったら、その日にもう一度伺います」

と、おみよは和尚の申し出を辞退した。

和尚は困惑気に船頭の顔を見ている。船頭も思いあぐねているのか黙ったままである。一時《いっとき》本堂の中が静まり返った。と、庫裏の方から若い男の声が聞こえた。和尚の顔が少し柔和な顔に戻ったような気がした。廊下を歩いてくる音がして、大黒と一緒に現れた男は、幸吉の若い頃に似ている男であった。

「お申訳《もさ》げなござんした。甥の信治でござんす。お父《どう》が家の中さ上がらせねぇで、帰《けえ》したと聞いて本当に済まねぇごどで……」

と信治は、何度も頭を下げている。

義弟の態度とは一変して、甥の信治はひたすら父親の振る舞いを謝っている。

「いいえ、私こそ、突然訪問したものですから、さぞや、びっくりなさったことで……」

とおみよは詫びた。

「いや、大坂からの便りは松庵さんを通して届いてあんした。伯父《おん》つぁんの骨納めをして供養したいということも聞いてあんした。それなのに、伯父つぁんのこととなると、親父も意地張って……」

と言い、謝っている。

和尚は仕様がないというようにおみよを見た。

「幸治さんも良い男《ひと》なのだがな……。幸吉つぁんが大坂さ行ってしまった後、探索方さ目を付けられて、聞き出されたり、見張られたりして、辛《つれ》ぇことが度々《たびたび》あったようだからな。村の衆は幸吉つぁんを、あの貝吹《かいふき》の先頭に立って連れてってくれた男《ひと》だと、尊敬してるのだが、家の者にすれば大変《てえへん》だったようだからな。そこのところは分かって下されな」

と和尚が話してくれた。

そのことはおみよも想像することは出来た。口には出さなかったものの幸吉も分かってい、たと思う。大赦になる前までは義弟の幸治を我慢強い男だから辛抱してくれると思うと言っていたのであった。おみよは甥の信治に、

「本当にこちらこそ、自分達のことで精一杯で、みなさん方には計りしれない御迷惑をおかけして申し訳ございませんでした」

と頭を床につけて謝った。

「伯母《おば》さん、頭を上げて下んせ。そのことは俺が生まれる前のことでござんすべぇ。もう何昔も前のことであんす。親父があんな醜《みた》くねぇ振る舞いをしたのは、おそらく大赦の令が出て、伯父つぁんが俺の家さ寄って泊まっていった日に、二人が口論したからだと思いあんすな。その前は本当に仲が良かったと、村の人たちからも聞いてあんす。実際に親父は探索方

に何を聞かれても、伯父つぁんのことは、何ひとつ話さなかったそうであんす」

と信治は父親のことを話してくれた。

和尚も同意するように言った。

「そのことは村の衆もみんな分かってることだ。幸吉つぁんが、あの貝吹の時に命かけて村の衆を引き連れて行けたのは、みんなも幸吉つぁんを信じていたからこそ、やり遂げることが出来たのだ」

「そうであんす。親父も伯父つぁんのことを尊敬していたそうであんす。ただ……」

と信治は口を濁らせた。和尚は言った方が良いぞというように信治の顔を見ている。

「あの……、大赦の令が出て盛岡さ来た時、俺の家さ伯父つぁんが寄っていきあんした。久方振りに会って、親父と伯父つぁんはとても嬉しそうであんした。ところが何の話からそうなったのか、俺もまだ十だったから分からねぇども……、突然、親父が怒鳴って口論が始まったのであんす。俺の耳に残っているのは、親父が兄貴と俺は考え方が違う、いつまでたっても夢みてぇなことばかり話している。と言ってあんしたし、伯父つぁんは怒鳴ることはなかったども、親父にもっと将来《さき》のことを考えろとか、世直しをさねばとか言って、二人とも自分の考えを譲らねで険悪であんした。うんでも、今になってみれば、二人ともお互いのことを大切に想っているのに、考え方の違いから衝突してしまったのだな、と思うようになりあんした」

そんなことがあったのか、幸吉は盛岡から大坂へ帰って来てから、故郷へ戻るとは言わなかった。そして今、大変な時だから全国の世情を見て回りたいと言って、旅に出ることが多くなったのだ。夫も義弟も今より暮しやすい世の中になるようにと願っていたのだろうが、人生の歩いていく道が違っていたのだ。ただ、どちらも自分の気持ちに忠実だったから衝突してしまったのだろうと思った。

信治がおみよの顔を真っ直ぐに見つめた。

「二人とも自分の立場を曲げねぇで、生きてきたのだと思いあんす」

信治が二人を互いのことを思いながらも、自分の立場を貫いたと言ってくれたのは、何よりも救いになった。おみよは信治に本当に良い兄弟だったのにねと頷くと、信治が済まなそうに言った。

「それなのに、親父はあのとおりの頑固者であんして……。先ほども、失礼な振る舞いをしたそうで……。心の中では悔んでいると思いあんす。伯母さんもそのことは胸に納めて、どうか我家さ泊まって行って下んせ。御袋も遠路旅してきた身内を家さ上がらせねぇで帰《けえ》したら御先祖様に叱られると言ってあんす。このまま帰したら悔いが残りあんす。先ほどのことは胸に納めて、泊まっていって下んせ」

と言って後には引かない様子であった。

和尚がおみよに言った。

「このように言ってくれるのだから、そのようにしたら良いですぞ。幸治さんもお前さん方と会って話すことによって、わだかまりがとけるかも知れねぇしな。何せ、そちらのお孫さんとは血がつながってるのだからな」

おみよは、ハッとした。今まで大人の会話に口を出さないで聞いていた幸太の目が、信治と和尚の話を熱心に聞いているように見えた。和尚が幸太の顔を見て、催促するように聞いた。

「寺下かまどに泊まってみることにするか」

幸太が大きく頷いた。先ほど、おみよと幸治のやりとりを見ていたのに、信治の強い誘いに承諾せざるをえなかったのか、と心配になったが、幸太は目を輝かせて和尚に聞いた。

「寺下かまどのお爺はんは、私《わて》と血を分けたお人なのだすな。あのう、信治はんも……」

「当たり前じゃ。お前さんの血縁じゃ。血縁は大事にせねぇばの」

と言った和尚の言葉が胸に響いた。

あれから三十五年、幸吉の実家では私達夫婦が逃亡者となったばかりに、どんなに辛い目に遭ったことだろう。科人の血縁者は、探索方に厳しい目で見張られていたのだ。義弟の幸治は、それにも屈せず何を聞かれても知らないと言って押し通したそうである。そのことを思うと先ほどの振る舞いをされても仕方のないことなのだなと思った。これから先、今まで自分達を守ってくれた幸治に何倍も何十倍も、その恩返しをしていかなければならないと思うのだった。

幸太がおみよを見つめ、

「お婆はん、私は信治はんの家に泊まらせてもらいたいのだすが……」

と言った。

幸太にそう言われて、おみよはためらっていた。信治が促すように口添えをしてくれた。

「どんなことになっても、明日は俺達《おらたち》も伯父つぁんの供養を一緒にさせてもらいあんす。どうぞ、泊まっていって下んせ」

そうまで言われて辞退することは出来なかった。今夜はあの家でどんな雰囲気の中で過ごすのやらと思いながら、おみよは信治の言葉に従った。

幸吉の実家に着くと、幸治は畑に行ったらしく見えなかった。幸治の妻が迎えてくれ、夫が失礼なことをした、と何度も謝りながら中に招き入れた。囲炉裏のそばに座ると、寺に行く前に会った信治の息子が顔を出した。幸太より三つ四つ下なのか、背丈は幸太の肩のあたりまでしかない。幸太はその子に関心があるらしく声をかけ、すぐに仲良くなったようだ。二人を見つめながら、幸治の妻が言った。

「血は争われねぇもんだ。信治は私の亭主より幸吉つぁんに似てると言われあんしたが、あの二人は再従兄弟《はとこ》だべぇが、目元と眉が良おく似てあんすな」

おみよはつくづく眺めていたが、言われてみれば、どことなく似ているように見えるのであった。

夕暮れになって、信治が畑に父親と自分の嫁を迎えに行き、三人で帰ってきた。気立ての良い信治の嫁は、夕餉の席でも始終にこやかに接してくれた。ただ一人幸治だけは、笑みを浮かべることなく、黙々と箸《はし》を進め、夕餉を済ませると無言で奥の部屋に入って行った。

翌朝、物音の気配で起きると、庭に出てみた。井戸のそばに水を張った桶があり、中に刈りとった白い木槿《むくげ》と薄紫の野菊が投げ入れてあった。顔を洗い土間に入ると、信治の嫁が煮物を重箱に詰めておみよに渡して、

「お母《が》さんが、花とこれをお寺さ持たせてやれって、言ってあんした」

と言った。

その心馳せに涙があふれた。

「本当に何から何まで、お世話をおかけして、有り難うございます」

と言って、おみよは深々と頭を下げた。

朝餉を終え、皆で喪服に着替え、権現寺に向かうことになった。が、義弟の幸治の姿が見えない。やはり、まだその気にはなれないでいるのだろうと思った。朝早く畑に行ったようなので、早目に仕事を終わらせ、寺には来てくれるだろうと幸治の妻が言った。が、本当に来てくれるのかと心配であった。

寺に着き、信治の嫁から渡された花を先祖の墓前に供え、本堂に入った。仏壇に墓前に供えた花と同じ木槿と野菊を投げ入れた花入れが飾られていた。

朱色の僧衣を纏った和尚が仏壇の前に進み、納骨のための経文を唱え始めた。仏壇には大坂の寺から頂いてきた幸吉の戒名が記された位牌が安置されている。慈愛幸徳信士と書かれてある。その戒名を読み、夫の人柄そのものであると改めて思うのであった。和尚の読経が続く中、後ろから誰かが入ってきて座った。読経を終えた和尚が前を向き、その人の方へ目をやった。おみよも振り返って見た。畑に行っていた幸治が黒紋付で正座していたのである。

おみよは幸吉の位牌を見つめながら心の中で語りかけた。

（幸吉さん、幸治さんがあんたの供養に来てくれましたよ）

和尚がにこやかに皆を見渡して言った。

「今日は寺下かまどにとって、真《まこと》に良い日となりましたな。これで幸吉つぁんも、御先祖様が居られる西方浄土さ安心して逝かれあんすな」

本堂の空気が少し和やかになった。寺を出る時、おみよは幸治の前に進み、深々と頭を下げ、感謝の意を述べた。幸治は終始無言で頷くだけだった。が、おみよは義理だけではなく、幸吉が安心して極楽浄土へ逝けるように、と願って供養に来てくれたのだと思った。

六

黒川村から盛岡へは、舟を使わず幸太と歩いてきた。この街道は三十五年前に盛岡南方の百姓達が一揆を起こして、盛岡城に直訴に押しかけて行った乙部街道である。

あの日、十六歳だったおみよは、盛岡城下町に入る惣門近くの町家の屋根に立ち鳶口を振るって、一揆の人達の惣門破りの加勢をしたのである。あの息の詰まるような思いは、今でも昨日のことのように覚えている。盛岡の町に近づくにつれ、おみよは不安になった。今年の七月に、新政府は全国の藩に廃藩置県の令を出した。戊辰戦争で降伏した盛岡藩は、すでに盛岡県と改まっていたので、惣門の出入りもゆるやかになっているだろうと思う。が、いざ、惣門の前に立ったら、どんな気持ちになるのか分からなかった。

北上川沿いの道を進んで行った。途中まで来ると、道を挟んで左右に家が立ち並んでいるのが見えた。幸太がおみよに声をかけた。

「黒川から何里歩いて来たんだすか。この道が盛岡の町なのだすか」

「そうよ。ここが鉈屋町っていうのよ。この先に、惣門があるの。もう四里ほど歩いてきたんだね。幸太は疲れていないの」

おみよに聞かれて、幸太はいいえと答えると、

「惣門というのは、お爺はんたちが一揆を起こしてやって来て、惣門を警衛している御役人たちを攻め破って入っていった門だすか」

と聞いている。

おみよは黙って頷き、その目を鉈屋町の向こうに移した。惣門が見えるはずだが、惣門は

見えず、柵も取り払われているようで、惣門前は広々としている。荷車を曳いてくる人達が、ちらほらと見え、菜園物《さえんもの》を売り終えた百姓達のようだと思った。

柵が取り払われ、往来が自由になった惣門の跡に立って、目を瞑るとあの日のことが眼裏《まなうら》に浮かんできた。

(この辺りの家の屋根の上だった。今、来た街道の方を見たら、空に土煙が上がって貝吹が押し寄せて来た。体の中を血がかけめぐり、私は夢中で合図を送った。でもあの時の惣門は、もうなくなったのだ)

おみよは心の中に閊《つか》えていた重りのようなものが、外されていくような気がした。おみよは目を見開き、幸太の顔を見た。

「ここだよ。貝吹の人達が破った惣門が建っていた場所は」

幸太は何かを考えているかのように、辺りを見回していたが、

「新政府になったけど、一揆はなくなるのやろか」

と呟いた。

おみよは頷きながら言った。

「幸太は一揆はなくなっていくと思うの」

幸太は思案気な顔をしながら言った。

「新政府になったかて、人々の暮しは良おなっておらんのやないか。飢え死にする人や、貧乏で病になっても、薬も買えんような人がなくなる世の中が来るのは、いつのことなんやろな」

「そういう世の中になるように、新政府が考えてくれるといいね」

とおみよが言うと、幸太は下を向いて、残念そうに言った。

「お爺はんは無念やったろな。飢えに苦しむ人がないような世の中をつくりたくて、全国を回って歩いていたのに、西宮で打ちこわしに巻きこまれて亡くなってしまうなんて……。今、生きてはったら、私には何と言うてくれたやろ……」

おみよは幸太の言葉に頷くと言った。

「そういう人だったよ。お爺さんは人々のために何とか役に立ちたいと思い、苦しんでいる人達がいると聞けば、そこに行って自分が南方一揆の時にやったことを教えてやったりしていたそうよ。でも、もっと学ばなければならないとも言っていた。お前のお父さんに学問をさせたのは、そういうこともあったからだよ」

幸太は下を向いたまま顔を上げず、

「学問をだすか」

と低い声で言った。

手習いを教えている父親に、もっと学べと言われている幸太は、ここでも祖母からも同じことを言われるとは思っていなかったようで、それきり何も言わなかったのである。このことは歩きながら話すことではない。盛岡には旅に出る前から長逗留しようと思っていたので、落ち着いたら話してやっても良いと思ったのである。


惣門跡から穀町に入った途端、町の雰囲気が昔とは違い、さびれているように感じた。十三日町、六日町に歩みを進めていくうちにその気持ちはますます強まった。やはり、戊辰戦争での降伏が町全体に影を落としているのだと思った。おみよたちが住んでいた日影長屋もその頃に取り壊されたそうだ。あの頃一緒にいた長屋の住民は、それぞれの町に移り住んだという。手習い師匠の松庵も今では、油町の油屋嘉兵衛店に住んでいると知らされている。懐かしい盛岡の町に昔の賑やかさがなくなっていることを、さびしく感じながら盛岡の城下町を歩いて行った。

盛岡の町の中央を東から西に流れている中津川に架かる上の橋まで来て、足を止めた。紙

町裏に見えていた日影長屋の跡は、空き地となって雑草が繁茂していた。感慨無量であった。隣にいる幸太にその場所を教えると、

「お城の裏側に住んで居ったんやな。では油屋さんというのは、この近くで……」

と辺りを見回している。幸太には見たことのない日影長屋を思い描くことはできないのだから、空き地を見てもあまり感じることはないのだろう。心残りであったが、上の橋を渡り松庵の家に向かった。

油屋の暖簾を潜ると、白髪交じりの年配の男が帳場から立って、出迎えてくれた。旅装の二人を見てすぐに分かったらしく、嬉しそうな声で言った。

「おみよさんでござんすべぇ。私《わたす》はあの日影長屋にいた善太であんす。まんつ、御立派になられあんして。ささ、お入《へ》れんせ。今、丁度、お袖さんが見えて、松庵さんの部屋さおられあんす」

と話し、裏の離れに通じる露地へと案内して、松庵の家に連れて行った。善太が戸を開けて、

「おみよさん達をお連れしあんした」

と言うと、中から出て来たのは、白いあごひげを蓄《たくわ》えた松庵であった。

「長旅で大変《てぇへん》だったたべぇの」

と言って、おみよと幸太を代わる代わる眺めている。

松庵の顔には多くのしわが刻まれ、大きな目は窪《くぼ》んでいたが、その瞳はあの頃と同じく知的で柔和であった。

「よおく、お出った。松庵はおみよの顔を嬉しそうに見つめて言った。

その言葉におみよは恥ずかしそうに笑って応えた。少し白髪《しらが》が見えるだけで、あの頃と変わりねぇの」

「いいえ、私も五十路を越えて、婆《ばば》になりました。孫に手を曳かれ、按摩をしてもらいながら、やっと盛岡に帰って来ました」

「それは何よりだったの。お前が孝行孫なのだな」

松庵は大きな目を細め、愛おしむように幸太を見つめながら、二人を中に入れた。

中に入ると、袖が川原町《かわらっちょ》の宿に連れて来た娘に指南しながら、老人に揉み療治をやっているところであった。松庵が声をかけた。

「みなさん、大坂からおみよさん達が見えあんしたよ」

「あやや、待ってあんしたよ。嘉兵衛さん、終わらせて頂きあんす」

と、袖が手を止め、おみよの方に顔を向けた。

横になっていた老人が起き上がって座った。あの頃、黒かった髪も白髪になっている。が、愛想の良い笑顔は当時のままであった。嘉兵衛はしばらく皆と談笑していたが、ゆっくりとこの家に逗留して行って下さいと言って、店がある主家に戻って行った。

袖は、おみよの旅の疲れをほぐしてやると言って、肩を女弟子に揉ませて、大坂のおみよの家族のことを、あれこれ聞いている。そのうち幸太の運勢の話を持ち出した。幸太が興味を示したようで、袖に聞いている。

「私は、どんな道に進むといいんだすか」

袖は内障《そこひ》となった白い目を少し見開き、

「お前《めえ》さんは、好奇心の強い人だな。今度も盛岡さ来たくて仕様がねがったべぇ」

と自信に満ちた声で言った。

幸太は驚いたような顔をした。

「何で、何で分かるんだす」

袖はそう聞かれるのを待っていたように、

「卦《け》に出ているのさ。東北に来たのは人探しだな」

と言った。幸太は袖に自分のことを教えたのかというような目をして、おみよを見た。

おみよが首を振ると、幸太はムキになって聞いた。

「その人は見つかるのだすか」

「さぁてな。半分は分かるが、後の事は不明となるべぇの」

と袖は松庵の座っている方を振り返り、

「この後のごとは、松庵さんに話してもらいあんす」

と言っている。その顔はどこかさびし気である。

その様子からおみよは、森口半十郎がもう生きてはいないのだと思うのだった。

松庵が口を開いた。

「人探しとは、森口半十郎様のことか」

と幸太の顔をじっと見た。

その名を聞いて幸太は松庵に言った。

「知っているのだすか」

と幸太が訊くと、松庵はおみよに顔を移した。

「あげは舟宿で森口様のことを尋ねたとか」

「ええ蝦夷へ渡ったとか……。御存命なのでしょうか」

と、おみよは真剣な目差《まなざ》しで松庵を見つめている。

松庵は目を瞑ったまま話した。

「御立派な人であんしたな。皆の科《とが》を背負って自分一人の罪だと言ったそうだ。下北の田名部さ流されたのだが、大赦になったのに盛岡さ帰《けえ》って来ねがった。海を渡って蝦夷さ行ったというから、何じょな気持ちだったべぇ。もっとも蝦夷の松前藩に抱えられ、目付役となったというから、立派なお勤めを全うしたようだの」

と、松庵はおみよを得心させるように言うのだった。

その様子から、おみよも森口様はやはり存命していないのだなと改めて思った。

それにしても、永牢となった森口様が、松前の殿様とどういう知己を得て抱えられたのか分からないが、目付役となったとは、人の運命は最後までどう変わるのか分からないと、感じ入るばかりであった。袖と連れの女弟子は按摩の予約を受けているらしく、またすぐに会いに来ると言い、帰って行った。

夜になり、松庵が隣の部屋に二人を招き入れた。部屋の片隅に置いてあった文机《ふづくえ》を、二人の前に置くと、おみよの顔を見つめた。

「辰吉つぁんが丹精をこめて作った机じゃ」

文机のことは夫の幸吉から聞いていた。夫は大赦令が出された嘉永三年に、盛岡へ帰っている。辰吉は病床にあったが、孫の幸之助が学問の道に進むと聞いて、無理を押して文机を作ったというのである。幸吉が日影長屋に着いた時、辰吉は瀕死の状態にあった。死の間際、辰吉は後の事はお前に頼むと幸吉に言い遺して亡くなったという。その時の文机がおみよ達の目の前にある。幸太はつや出しされた文机を手で触り、抽斗《ひきだし》を丁寧に開けている。

「立派だすな」

と幸太が目を輝かせている。

「そうじゃろ。お前《めえ》の曾爺《ひい》さんは立派な職人じゃった。お前の父親が学問の道に進むと聞いて大層喜んでおった。大工の辰吉つぁんが、指物《さしもの》に挑戦して初めて作ったのじゃ。大赦の時から二十五年も待ち続けておったのじゃぞ」

と松庵は幸太を慈しむように見ている。

幸太は机の手触りを楽しむように、

「勿体ないなあ」

と撫でている。

おみよは申し訳なさそうに松庵に言った。

「あれから二昔《ふたむかし》も経ってしまったのに、なかなか帰って来られず、そのままにしてしまいました。先生が使っていて下されば……」

その言葉に松庵は頷くと、

「文にもそのように書かれておったの。だがのう、これは辰吉つぁんの願いなのだ。初めに使うのは、辰吉つぁんの孫や曾孫に使ってもらいたいのじゃ。そうは思わねぇか」

と言った。

おみよの脳裏に病を押して文机を作っている父の姿が浮かんだ。

「本当に幸之助や幸太が使ってくれたら、お父つぁんも、どんなに喜んでくれることやら……」

とおみよは何度も頷いた。

「そうだの。いずれ直ぐにどちらかが使う日が来る。その日が来るまで、ここさ置いておくことにするの」

と松庵は言って幸太をじっと見つめた。

「ところで、お前は森口半十郎様の消息を知りたくて婆様に付いて来たと言ったな。だが、森口様は蝦夷でお亡くなりになったそうなのだ。残念なことだが、もうお会いすることが出来ねぇのだ。この後はどうしてぇと思ってるのだ」

やはりそうだったのかと言いながら、幸太は落胆しているようで、俯《うつむ》いていたが、顔を上げた。その顔は何か言いたげである。

「蝦夷へは目付役として行かはったとか、なんで又、役人として海を渡らはったのやろ」

「ほう、お前もそう思ったのか。あれほど盛岡藩の悪政を批判していた侍が、松前藩はそれほどでないにしてものう……。儂は森口様は蝦夷地へ行きたい理由があったと思うのだがの」

「理由とは――」

「あの御方は蝦夷という未開の地を己の目で見て、新しいことに挑戦しようと思っていたのかも知れねぇな」

幸太の顔が急に輝き始めた。おみよは幸太が自分も蝦夷地へ行きたいなどと口にするのでは、という不安が過《よぎ》った。幸太が嬉しそうに言った。

「それなら得心できます。今となっては、森口様にお会いして確かめることはでけしまへんが、蝦夷へ行ったら、何や分かるのでは――」

おみよの不安が的中した。

松庵は幸太の気質を見抜いているかのように、

「お前なら行くことができるかも知れねぇ。ただなあ、そこに行くには森口様のように学問に精通しておらねぇばの。天文、気象、地理、それから銭金のやりくりのこと。まだまだ色んな学問をしねぇばならねぇの。何よりも先から住んでいるアイヌと呼ばれている人々の暮しを学ばねぇことにはの……。同じ日本国《にっぽんこく》の中でも、その人達は儂らを和人《しゃも》と呼んでの。和人とは考え方も暮し向きも全く違うと言ってるそうだぞ。儂らが仏様や八百万《やおよろず》の神様を信心しているように、その人達は自然界のあらゆるものに神《カムイ》が宿り、自然から受ける恵みはすべて神の恵みであると考えておるそうだ。そういう人達と和人といわれている者が交易するのだからのう。一つ一つのことを学ばねぇばならねぇのだ」

と松庵は話してくれたが、幸太を見つめる目は厳しかった。

幸太は気負ったように言った。

「天文、気象、地理、アイヌの人達の暮し、それから何を学べば良いのだすか」

松庵の顔が和らぎ、おみよに顔を移した。

「これからは新しい国づくりが始まる。新政府は西洋の教育を取り入れ、小中大の学制を布くようだの。幸太は手習所でどこまで学んだのだ」

「往来物から漢籍まで一通りのことを学ばせました。将来はすぐに世の中の役に立つ実学（実践学）を学ばせたいと、息子の幸之助が話しておりました」

と、おみよが答えると、松庵は幸太に聞いた。

「ほう、実学とな。幸太はお父さんと話したことがあるのか」

幸太は得意気に答えた。

「はい、お爺はんのように世の中を見て回って、暮しに困らはってる人を助けるためにはどんな学問をすれば良えのかと聞いとりました。ですが、今、はっきりと分かりましたのや。どの土地で暮す人々にも、昔から伝統的に伝わる文化があります。自分たちが大事にしている文化を侵されず、また、他の土地で暮す人々とも、仲良くやっていけるような世の中にするには、どんな学問をすれば良えのだすか」

幸太は松庵からアイヌと呼ばれている人々の話を聞いて、深く感じ入ったのかもしれない。しかし、どんな学問をするにしても、基礎的な知識は必要である。幸太はそのことに気付き始めたのかもしれない。おみよは松庵に聞いてみたかった。

「それで、新政府は盛岡にも……」

「左様。戊辰戦争で降伏したせいで、いち早く盛岡県になった。ここ一、二年で藩校や郷学校は県立学校になるそうだ。小学校は必ずできる。その時、幸太の学力がどの程度なのか。もし小学校以上であれば、中学……。中学を盛岡に作るのが間に合わなければ、儂《わし》が師範を紹介してやろう」

と話すと、幸太はすっかりその気になり、丁寧に頭を下げ、大きな声で宜しくお願いしますと言っている。

「大坂のお父さんへは、どう知らせるの」

おみよが心配げに訊くと、

「お父はんには、私《わて》が文《ふみ》を書きます。蝦夷へ警衛に行った人たちは、奥州の人達だすよね。盛岡にいて、蝦夷へ行ったことのある人達から訊きたいのだす」

と幸太は真剣な目で松庵を見つめている。

幸太は真っ直ぐな性格だ。周りに目をくれず一直線に進むところがあって危なっかしい。一緒に盛岡に住んで、しっかりと見守り、手助けをしてやるしかないと思った。幸太の目を見ていた松庵は大きく頷いた。

「蝦夷を知るには松前藩と一緒に蝦夷の警衛に当たった者たちからも、数えてもらうのがよかろうの」

と、幸太が盛岡にいて蝦夷のことを学ぶことを後押しするように話してくれたのであった。

大坂へ文を送った幸太に返信がきた。

驚くことが書かれてあった。幸之助は手習所を閉所したので、夫婦で盛岡へ来るというのだ。新政府によって学制が布かれ、寺子屋や手習所はなくなり、官立の学校になるという話を聞いていた幸之助は、官立学校の教諭になろうと考えていたそうだ。全国に官立の学校が出来るのなら、いち早く藩から県になった盛岡には早目に学校が出来るであろう。それならば一年でも早く盛岡に行って、県の教員採用試験を受けるのが最善策だ。何よりも母親や息子と一緒に暮せる。それが一番良いと言って、生まれ育った大坂の地を離れるのを渋っていた妻を説得したというのである。

明治五（一八七二）年一月盛岡県から岩手県となった。そして四月、大坂から幸之助夫婦がやって来て油町に家を借りた。幸之助は学校が出来るまでの間、商店に奉公している丁稚たちに手習いを教えながら、採用試験のための勉強に明け暮れたのである。

一年後の明治六年四月、藩校であった作人館跡に県立の学校が開校された。幸之助は見事、教員に採用されたのである。今は北海道と地名を変えた蝦夷へ、強い関心を持っていた幸太は、地理学を学ぶため松庵が紹介してくれた元藩校にいた地誌学の師範の元で学んでいた。

が、日本国土の地理学を学ぶため、明治七年四月、東京に向かったのである。

旅立つ日、おみよは幸太の後ろ姿に若き日の夫の姿を重ねていた。これから幸太はどんな旅を続けていくのであろう。人生は長い長い旅である。旅には山坂がつきものである。厳しい峠道にさしかかっても、屈せずに乗り越えてほしいと祈るように頭を下げて、おみよは見送ったのである。

参考文献

岩手をつくる人々　古代―近世篇　森嘉兵衛　法政大学出版局
南部藩記「内史畧」の世界　太田俊穂　大和書房
安家村俊作　三閉伊一揆の民衆像　茶谷十六　民衆社
大塩平八郎・堺事件　森鴎外　岩波書店

初出一覧

峠越え　「北の文学」第43号２００１年11月
冬茜　「北の文学」第45号２００２年11月
烽火　「北の文学」第52号２００６年５月
天保の落書　「北の文学」第54号２００７年５月
逃亡の町で　「北の文学」第55号２００７年11月
故郷へ　「天気図」第15号２０１７年２月

著者紹介

浅沼 誠子（あさぬま せいこ）

昭和19年（1944）北海道生まれ。昭和21年盛岡市に移住。

岩手県立盛岡短期大学卒。県内の特別支援学校等に勤務し定年退職。

20年以上に亘り須知徳平氏に師事し文筆を磨く。童話作品から現在は時代小説を多く手掛け発表し続けている。執筆活動に、エフエム岩手自主制作番組「小さな童話館」作者、文芸誌「北の文学」に入選多数、文芸誌「天気図」同人、「もりおか童話の会」代表。盛岡市在住。

峠越《とうげご》え

2017年12月15日　第1刷発行

著　者　浅沼 誠子

発行所　盛岡出版コミュニティー
MPC Morioka Publication Community
〒020-0824
岩手県盛岡市東安庭2-2-7
TEL&FAX 019-651-3033
http://moriokabunko.jp

印刷製本　杜陵高速印刷株式会社

ISBN978-4-904870-45-7 C0093